JN179865
Arch enemy
アークエネミー・
スクールライフ
school life
魔神ルガーは
女子高生と青春を過ごす

「信じられないなら、味見……する？
好きに……していいよ」
胸元までボタンを外した彼女はシャツをはだけ、
髪を掻き上げて白い首筋を晒す。

「ルガー……お邪魔するね」
少し冷たい空気と共に、
ふわりと甘い香りが流れ込んでくる。

白亜零奈
Reina Hakua
魔術師の家系に生まれた少女。
幼いころから魔術の修行に明け暮れていたため、青春らしいことをしたいとルガーに依頼する。
「うん、もちろん！
最後までやり切ってこその〝青春〟だもん！」
「……お前の覚悟は分かった」
「ふふ、まあ余なりの誠意というやつだ」
アムドゥスキアス
Amduscias
ルガーたちの前に現れた魔神の少女。
音楽を好み、植物を配下に変える力を持つ。

ルガー
Luger
VRMMORPGティルナノーグでの伝説的なプレイヤーキラー。
プレイヤーは阿久津恭也。
町中で通り魔に刺されて死んだと思ったところ、ゲーム内キャラの魔神ルガーとして転生する。
水瀬紗々良
Sasara Minase
高校二年生。
生徒会の庶務兼、天文部の部長。
よく屋上で授業をサボっており、その流れでルガーと出会う。
「うぅ〜……ヘンタイっ!!」
羽井戸夕陽
Yuhi Haneido
高校一年生。
ほかの生徒たちに犯罪者呼ばわりされて囲まれていたところを、ルガーに助けられる。
「ありがとう……ございます」

CONTENTS

Arch enemy school life

アークエネミー・スクールライフ

魔神ルガーは女子高生と青春を過ごす

ツカサ

講談社ラノベ文庫

口絵・本文イラスト／梱枝りこ
デザイン／草野剛（草野デザイン事務所）
編集／庄司智

序章

「ああ……これ、死ぬよな……」

真っ赤に染まったシャツとジーンズ、アスファルトの地面に広がっていく血だまりを眺め、俺は掠(かす)れた声で呟(つぶや)いた。

この出血量では、どうあがいても助かりそうにない。

——馬鹿なことをしたもんだ。

我ながら呆(あき)れる。

白昼の街。突然奇声を上げて暴れ始めた男。振り回されるナイフの煌(きら)めき。逃げようとして転んだ五、六歳の幼い女の子。

女の子の方を見た男は、引き攣(つ)った笑みを浮かべ、ナイフを手に近づき——。

俺は転がり出るようにして男の眼前へと身を晒(さら)した。

無謀にも武器を持った相手に手ぶらで〝戦いを挑んだ〟のだ。

結果は、当然ながら俺の敗北。

俺は為すすべなく腹を刺され、死にかけている。

どうしてこんなことをしてしまったのか。

俺、阿久津(あくつ)恭也(きょうや)は見ず知らずの他人を助けるために命を懸けるようなお人好しでは、決してない。

たぶん、この五年のほとんどを痛覚のない世界——完全没入型ＶＲゲームの中で過ごしたので危機感が麻痺(まひ)してしまったのだろう。

刺されても痛くはないと、本当に死にはしないと——そんな馬鹿な勘違いをしてしまったのかもしれない。

笑えない。馬鹿にも程がある。けれど——やってしまったのなら、どうせこのまま死んでしまうのなら……せめて……せめて、勝って終わりたい。こんな無駄死には勘弁だ。

そうだ……馬鹿をやるならとことんまで。この勘違いを最後まで貫き通せ。

ここは現実じゃなく、完全没入型ＶＲＭＭＯＲＰＧ、ティルナノーグの中。俺は阿久津恭也ではなく、最強最悪のＰＫ(プレイヤーキラー)〝魔神ルガー〟。

そう自分に言い聞かせれば、まだもう少しだけ……戦える気がした。

「げほっ、はっ——ははっ……」

血を吐きながら、無理やり笑う。

震える足で立ち上がる。

強引に意識を切り替える。仮想世界の魔神を演じ、酷薄な笑みを無理やり顔に貼り付ける。

リアルでの俺は惨敗続き。しかし〝あちら〟では――魔神にクラスチェンジして以降、一度たりとも負けてはいない。

だから――。

「まだ……やれるだろ」

絞り出すように呟き、〝敵〟の姿を見据える。

俺を刺した男は次の獲物を求めて、背中を向けていた。

「っ……!!」

ふらつきながら近づき、男に背後からしがみつく。

「――――!?」

振り向いた男は奇声を上げて暴れる。

思っていた以上の力で振り払われそうになったが、俺は必死に男の服を摑み、自分が倒れる勢いを利用して男を引き摺り倒した。

「ああああああっ!!」

俺は叫びながら男にのしかかり、ナイフを握った腕に噛み付く。

塩辛さと鉄臭い血の味。歯が肉を抉り、骨に突き当たる感触。

これでは魔神どころか、ただの怪物（モンスター）だ。

けれど別にいい。こいつに勝てるならそれで――。

男は悲鳴を上げてナイフを取り落とすが、もう片方の腕で俺を殴りつけてきた。

ガツンと目の奥に火花が散る。

そのまま何度も何度も殴られる。

滲（にじ）んでいた視界が赤く染まった。鼻から熱いものが流れ出て、まともに呼吸ができなくなった。

でも痛くない。そもそも既に体の感覚がほとんどない。

刺された腹部の痛みも、いつの間にか遠のいていた。

周りに人が集まってきている気配。

男がナイフを落としたのを見て、取り押さえに来たのだろうか。

だとしたら――俺の勝ちだ。

気を緩めた瞬間、意識が遠のく。

目の前が真っ暗になる。口の中に何の味もしなくなる。

痛みや流血の熱さ、寒さもどこかへ消える。

むせかえるような血の匂いも薄くなった。

悲鳴とざわめきが小さくなっていく中で、かすかにサイレンの音を聞く。

だがその音もすぐに消えていく。
消える、消える、消え――。

第一章　魔神と女子高生

Arch enemy school life

1

「――――」

誰かに呼ばれた気がして、目を開ける。

すると驚くほど近く――鼻先が触れそうなほどの距離に、目鼻立ちの整った少女の顔があった。

よく晴れた日の空みたいな……澄んだ青い瞳が俺を真正面から見つめている。

肌は抜けるように白く、髪の色素も薄い。

……あれ？

俺は眉を寄せた。

おかしい。俺はさっき、通り魔に刺されたはずだ。

死んだかどうかは分からないが、死んでもおかしくない怪我だったはず。

目覚めるとしても病院のベッドの上だろう。

　なのに俺は今、自分の足で立っている。立って目の前にいる少女の顔を見つめている。

　辺りは薄暗く、少しかび臭い匂いが漂っていた。左右の壁は煉瓦造りで窓はなく、非常に狭い場所であることが分かる。

　……ここは、地下室か？

「ちょっと！　ねえ、聞いてるの？」

　少女が顔を顰めて問いかけてきた。

「え、何をだ？」

　状況が分からぬまま、俺は少女に聞き返す。

　すると彼女は体を引いた。途端にその体が縮んだように見えて戸惑うが、どうやらかなり頑張って背伸びをしていたらしい。

　一歩分の距離で向かい合うと、少女の背丈は俺の首元ぐらいまでしかない。そして少し離れたことで、彼女が制服姿であることに気付く。

　どこかで見たことがあるような……ブレザータイプの制服だ。年はたぶん十五、六。たぶん俺と同じぐらい。色素が薄い髪は光の加減で桃色がかって見える。

　……うわ、顔ちいせえ。

　正直、文句の付けようもない美少女だ。しかしその表情には苛立ちの色が浮かんでいた。

「――聞こえてなかったのなら、もう一度言うわ。あなたは〝魔神〟なのよね？」

ん？　魔神？　それってまさか……。

その問いかけに、俺は慌てて自分の姿を確認する。

現実の痩せた貧弱な体ではない。肌は抜けるように白く、ほどよく筋肉のついた腕と脚はスラリと長く伸びていた。

そして身に付けているのは着古したＴシャツとジーンズではなく、黒を基調とした革製の衣装。服の各所には派手な金属製の飾りが付いており、手を見れば大きな宝石の嵌（は）まった指輪がある。

この姿を俺はよく知っていた。

人生のおよそ三分の一を費やした完全没入型ＶＲゲーム〝ティルナノーグ〟でのアバター。

キャラクター名は〝ルガー〟で、そのクラスは〝魔神〟。

魔神とは、他のプレイヤーを殺す行為――ＰＫ（プレイヤーキラー）をすることで溜（た）まる〝カルマ値〟を一定以上にすることでなれる隠し職業（クラス）だ。その要求値があまりに膨大で、ゲーム初期からＰＫを繰り返していた俺ですら、転職条件を満たすのに丸二年掛かった。

それから約一年は他の転職者が現れなかったため、〝魔神〟はＰＫプレイヤー〝ルガー〟を示す呼び名として定着している。

――あれ？　じゃあここはティルナノーグの中なのか？　さっきのは……夢？

けれど完全没入型のゲームは睡眠状態になると、自動的にログアウトする仕様だったと思うのだが……。

「ねえ、どうなの⁉　魔神？　そうじゃない？　どっち⁉」

混乱する俺に、少女が必死な様子で詰め寄ってきた。

「あ、ああ……確かに魔神では、ある」

勢いに押されて、俺は頷く。

すると少女は安堵の表情を浮かべ、その場にへたり込んだ。

「よかったぁ……もう、失敗したかと思ったじゃない」

恨めしげに俺を睨む顔も可愛い。

こんな美少女がいるのもゲームの中でなら不思議ではない。ただ、ファンタジー世界観のティルナノーグに、制服などという装備はなかったはずだ。それに――。

俺は自分の腹部に手を当てる。

そこは通り魔に刺された場所。

あの痛みを、流れ出ていく血の熱さを、はっきりと覚えていた。

「じゃあ儀式は、成功ってことで……いいのよね。なら……あとは……よろ、しく……」

少女はそう言うと、その場にうつぶせで倒れ伏す。

「お、おい――」

驚いて声を掛けようとするが、俺は少女の背中に大きな裂傷があるのを見て、息を呑んだ。

破けた制服に真っ赤な血が滲んでいる。よく見れば少女の足元には小さな血だまりができていた。

「血……？　ティルナノーグに出血表現はないはずなのに――」

完全没入型のゲーム世界は、感覚的には現実とほぼ変わらない。だがプレイヤーに過度な刺激を与えないように痛覚は遮断され、出血などの〝過激な表現〟も、光のエフェクトなどで誤魔化される。

――ならここは現実か？　けど俺はルガーだし……いったいどうなってるんだよ!!

ドンッ!!

俺の思考が疑問で溢れ返ったところで、頭上から大きな音が響いてきた。

この地下室らしき場所には石造りの階段があり、その先に頑丈そうな鉄の〝蓋〟がある。あれが恐らく上階へ通じる扉なのだろう。

ドンッ！　ドンッ!!

その扉が衝撃音と共に大きく歪む。向こう側から凄まじい力で叩きつけられているのだ。

バンッ!!

そしてついに鉄の扉が勢いよく吹き飛び、階段で弾みながら俺の足元まで転がってきた。

「っ……」

俺は開いた上階への入り口を見据える。

ギシッ——。

不気味な軋(きし)みが室内に響き、穴の向こうから奇妙なモノが現れた。

一言で言い表すなら、全身が金属質なマネキンというところだろうか。だが完全な人型というわけではなく、両腕は鎌のように鋭く尖(とが)っている。

鎌の刃にはべっとりと赤い液体が付着しており、俺は倒れ伏す少女と金属人形を見比べた。

——こいつにやられたのか？

見たことがないモンスターだ。ゲームであれば凝視することで対象をターゲッティングでき、名前やレベルなどの情報が表示されるはずなのだが、全く反応がない。

ガィンッ！

戸惑っている俺に向かって、金属人形が跳ねる。

——おい、ちょっと待て！

突然の〝危機〟にぞわりと肌が粟立(あわだ)った。

鎌状の腕が勢いよく振り下ろされる。

通り魔に刺された瞬間の映像がフラッシュバック。

リアルの俺は刃物に対抗する手段を持たなかった。

だが頭を守ろうと反射的に掲げた腕は、戦う力を秘めた〝魔神ルガー〟のもの。

「コ、術式、イージス！」

とっさに手の平を金属人形に向け、ショートカット登録してあるスキル名を叫ぶ。

ここが現実なのか、ゲームの中なのかは分からない。だけど今の俺が本当に魔神ルガーであるのなら、この程度の攻撃を防ぐことは容易いはずだ。

手の平の先に、輝きが生まれる。

──来た！

それは俺が求めていた現象。魔神ルガーのスキル発動に伴うエフェクト。

一瞬で空中に自動展開する魔法陣。

その魔法陣が眩い輝きを放つと、俺と金属人形の間に光の防壁が出現した。

バリイイイン‼

防壁に触れた金属人形の腕がガラスのように砕け散る。

──スキルが発動した！　じゃあやっぱり今の俺は……。

攻撃を弾き返された金属人形は吹き飛びながらも空中で姿勢を整え、片腕と二本の脚で床に降り立った。

こいつが何かは分からない。

だが襲い掛かってくるのであれば――殺すだけ。

魔神ルガーにとって、それは至極当然であり、とても簡単なこと。

「は――ははっ！」

スキルが発動したことで、思考はティルナノーグの〝魔神ルガー〟としての自分に切り替わっていた。

幸いにも相手は人型サイズ。

ショートカット枠には全て対人戦用のスキルを割り振ってあるが、十分に対応できる。

「術式（コード）アビス」

腕の動きで方向指定、広げた指の幅で発動距離を設定。

防壁の効果が続いている間に、次のスキルを発動させた。

ギュオン――！

弦がたわむような音が響き、金属人形の頭部が黒い球体に呑まれて消える。

射程は短く効果範囲も狭いが、どのような防御も貫通して一定範囲を消失させる最高位の対人用魔法の一つ。

耐性もスキルも分からない相手であれば、これで抉（えぐ）り取ってしまうに限る。

ギギ――ガタンッ――！

頭部を失った金属人形はでたらめな動きで床を這（は）いずっていた。目や口もなかったが感

覚器官は人間と同じく頭部に集まっていたらしい。

十分な余裕があると判断し、俺はショートカット登録をしていない増幅魔法を詠唱する。

「詠唱入力……願うは宙（そら）の王。虚ろの闇にて永久に微睡（まどろ）む者。我が祈りに祝福を——術式（コード）ブレス」

術式（コード）が発動すると俺の体を淡い光が包み込んだ。これで任意のタイミングで魔法の威力を増幅できる。

俺は再び金属人形に腕を向け、ショートカットスキルを増幅発動した。

「拡大術式（コード・エクステンド）——アビス」

ブォンッ!!

先ほどよりも大きな球形の虚無が、周囲の空間ごと金属人形を呑み込む。

後に残るのは抉れた床の跡だけ。上階への入り口から新手が来る様子はない。

とりあえず脅威は去ったと判断し、俺は倒れている少女に目を向けた。

今も出血は続いており、彼女の制服は赤黒く染まっている。

「…………」

俺は少し迷ってから、彼女に手を翳（かざ）した。

「術式（コード）リザレクト」

緑色の光が少女を包み込むと、時間が巻き戻るかのように傷口が塞がり、制服の裂け目と血の汚れが嘘のように消失する。

これは四個設定できるショートカットスキルの三つ目。対個人用の最高位復元魔法。

魔神ルガーはこれを他人に使ったことはない。

自分以外のプレイヤーは全て敵、キルする対象だ。

それなのに少女を癒す気になったのは、傷口があまりに生々しかったのと——直前の出来事を思い出したからだろう。

俺は……自分の身を挺して、通り魔から他人を守った。

あれは夢だったのかもしれないが、ここで少女を助けないのはあの時の自分をなかったことにしてしまう行為に思えたのだ。

「……このまま床に寝かせておくのもアレだよな」

俺は少女の体を抱え上げ、上階への階段を上る。

リアルの俺なら女の子一人すら支えられなかっただろうが、ルガーの筋力値であれば大した重さも感じない。

重さは感じないのだが——体温と肌の柔らかさは支えた腕にはっきりと伝わってくる。

小さく開いた桃色の唇からは吐息が漏れ、呼吸に合わせて胸の膨らみが上下していた。

妙に顔が熱くなるのを自覚しながら、俺は上の階に出る。

「は——？」

俺はそこで呆然と立ち尽くした。

目の前にあるのは、ファンタジー世界であるティルナノーグとあまりに乖離した光景。

「和室……？」

信じられない思いで俺は周囲を見回す。

色々と不可解なことはあるものの、今の俺が魔神ルガーである以上、ここはティルナノーグなのだろうと考えていた。

けれど眼前の光景はその予想を覆す。

破れた障子と襖。ひっくり返された丸机に、鋭い傷跡が残る畳。天井の丸い蛍光灯は割れ、大型液晶テレビが横倒しになっている。

滅茶苦茶なのは先ほどの金属人形が暴れたせいだと思われるが、問題はこの部屋がどう見ても現代日本の様式だということ。

地下室への扉は畳の下に隠されていたらしく、俺が上がってきた部分だけ畳が捲れていた。

チュンチュンと小鳥の声が破れた障子の向こうから聞こえてくる。

俺は少女を一旦畳の上に寝かせてから、ゆっくりと障子戸を開けた。

どうやらこの家は、見晴らしのいい場所に建っていたらしい。

こぢんまりとした庭の向こうに、見覚えがある街並みが広がっている。

だがそれはティルナノーグの中で見た街並みではない。

俺が五年間引き籠っていた自室の窓から見えた景色。山に囲まれた地方都市、皆淵(みなふち)市の遠景だった。

2

俺――阿久津恭也(あくつきょうや)が完全没入型ＶＲＭＭＯＲＰＧ、ティルナノーグを始めたのは、小学五年生の時。

それ以来、ネトゲ廃人の引き籠りだ。

原因は色々あったが、何年も経てばどうでもよくなる。

ＰＫ(プレイヤーキラー)を始めた理由はリアルでの憂さ晴らしだったけれど、すぐに対人戦そのものが楽しくなり、〝勝つ〟ことに没頭した。

リアルよりもティルナノーグの中での出来事の方が俺にとっては重要だった。

家にいる両親や幼い妹よりも、魔神ルガーを討ちに来る手練れプレイヤーたちの方が身近な存在。

フレンド登録をした相手など一人もいないが、全プレイヤーの〝敵〟として、俺は確かに〝生きて〟いた。

しかし引き籠って四年と十ヵ月が過ぎた頃、ティルナノーグにサービス終了のアナウンスが流れた。

そして五年目の春。

俺と同じ年齢の奴らが高校で新生活を始めた四月初め、ティルナノーグのゲームサーバーは停止する。

魔神ルガーは仮想世界と共に滅び、俺はリアルに一人取り残された。

その時、何を考えていたのか、自分でもいまいち覚えていない。

ただ俺は気付くと父親の靴を勝手に履いて、五年ぶりに家の外へ出ていた。

久しぶりの現実世界は眩しくて、とても煩かった。

そんな俺の耳に突如飛びこんできた悲鳴。

振り返ると男が奇声を上げながらナイフを振り回していた。

逃げ出す人々。だが混乱の中で突き飛ばされ、転んでしまった小さな女の子が男の前に取り残される。

男は女の子に目標を定め襲い掛かり、それを見た俺は――。

「――女の子を庇って、刺された」

綺麗(きれい)に整えられた庭と皆淵市を一望できる縁側で、俺は腹部を押さえる。

順番に記憶を辿(たど)り、結局そこに行きついた。

そしてその過程で重要なことも思い出す。

「ティルナノーグは……もう、サービス終了したんだよな」

だからこそ俺は、五年ぶりに家の外へ出る気になったのだ。

サーバーが停止した以上、俺はもう二度とティルナノーグでプレイできない。そのはずだったのに……。

「何で俺、リアルでルガーになってんだ？」

俺は白くて長い自分の腕を見下ろし、眉を寄せる。

信じがたいことだが、ここはゲームの中ではない。

現実の世界――俺が十五年間暮らしてきた皆淵市だ。街のシンボルである電波塔、ホワイトツリーの槍(やり)みたいな形状は見間違えようがない。

なのに俺は〝阿久津恭也〟としてではなく、〝魔神ルガー〟の体でここにいる。

しかもさっきはゲーム中と同じようにスキルが使えた。

いったい何がどうなってこうなったのか、さっぱり分からない。

「やっぱあの子に聞くしかないか……」

俺は溜息(ためいき)を吐いて、荒れた和室を振り返る。

そこでは先ほど俺が助けた少女が、気持ちよさそうにすーすーと眠っていた。

改めて見ても、信じられないほどの美少女だ。目を向けると、つい時間を忘れて見蕩れそうになる。

「んぅ……もう……みかんはおやつじゃないわよぉ……」

いったい何の夢を見ているのか、少女は謎な寝言を呟き、ごろりと寝返りを打った。

その拍子に短いスカートの裾が捲れ、白い下着がちらりと垣間見える。

「ぐおっ⁉」

視覚から飛びこんできた圧倒的な〝刺激〟に俺は仰け反った。

反射的に手で顔を覆ったが、指の隙間から覗いてしまう。

細く長い足、柔らかそうな太もも、その先に覗く純白——それは規制が進んだネット上では目にすることのできない代物だ。

心拍数が上がっていることを実感する。

——あれが……本物の……パンツ……!

ゲーム中では、プレイヤーの下着が視界に入り込んだ場合、自動的に〝謎の光〟か〝漆黒の闇〟でその部分が隠されてしまう。

画像や動画も下着が見えているものは全て規制されているため、これが思春期に入ってから初めて目にした〝女子のパンツ〟だ。

そのあまりにも鮮烈な光景に、頭がクラクラしてくる。

「…………くっ」

このままでは倒れてしまうと感じ、俺は湧き上がる激しい衝動を抑えて視線を逸らした。

しばらく破れた障子の向こうを眺めて気持ちを落ち着かせる。

背後にあのパンツがあると思うとそわそわするが、大きく深呼吸して今やるべきことを自分に言い聞かせた。

――とにかく情報収集だ。この子を早く起こして事情を聞こう。

「……おい」

そっぽを向いたまま躊躇いがちに呼びかける。引き籠ってからはゲームの中でしかまともに会話をしたことがない。

そのためか魔神ルガーとして振る舞っていた時のぞんざいな口調になってしまう。

しかもその会話もほとんどが敵対するプレイヤーに対する「死ね」という宣戦布告か、見逃してくれと頼む者への「断る」という返答がほとんど。もしくは「くはははっ！」という相手を威圧するための高笑い。

こうして「おい」と声を掛けるのは、商人ＮＰＣ相手の時ぐらいだ。

緊張しながら少女の反応を窺うが、目覚める様子はない。

復元魔法がゲーム中と同じように機能したならば、負傷は完全に治っているはず。だから今の彼女はただ寝ているだけ。

「ん……だからぁ……みかんならいいでしょぉ……？」

またよく分からない寝言と衣擦れの音が耳に届く。

彼女が寝返りを打った気配を感じて慎重に振り向くと、白い下着はスカートに覆われていた。

「おい！」

少しだけ残念な気持ちを抱きつつ、先ほどより声を張って呼びかけてみる。けれど少女が夢から醒めることはなかった。

この距離ではダメだと判断し、俺は和室に戻って彼女の横に屈み込む。

「おい、いい加減に起きろ!!」

体を揺さぶるのは抵抗があったので、耳元で叫ぶ。

「ん……うう……」

瞼がぴくぴくと動く。

ようやく目覚めそうな気配を感じ、俺はその時を待った。

「う……ん……あれ……？」

瞼を開いた少女が俺を見て、ぱちぱちと瞬きをする。

「っ……」

ここが現実で、少女がリアルの存在だと認識した今、緊張でとっさに言葉が出てこない。

さらに先ほど目にしたパンツが脳内でちらつく。

仮想世界のキャラクターにも劣らぬ整った目鼻立ちの少女は、しばらく俺を見つめた後、むくりと起き上がった。

俺は反射的に体を引き、彼女の出方を窺う。

「魔神？」

少女が首を傾げ、問いかけてきた。

「――ああ」

先ほど肯定してしまったので、俺はとりあえず首を縦に振る。

自分が魔神ルガーだと完全に受け入れたわけではないのだが、今の状況を上手く説明できる自信がない。

「わ、やっぱり魔神なんだ……」

すると少女は腕を伸ばし、俺の体を遠慮なくぺたぺた触ってきた。

「っ⁉」

俺はどうすればいいか分からず、その場で硬直する。

体温が低いのか、少女の柔らかな手はひんやりとしていて気持ちがいい。

「おおー、すごい筋肉。それにとてつもない魔力も感じるわ。明らかに魔術師の域を超えてる……これが、魔神」

俺の体を撫でまわしながら、感心した様子で呟く少女。

とてもくすぐったいが、それ以上に少女の顔が近くて心拍数が上昇する。

――魔術師？　ティルナノーグの基礎職業、魔導士のことか？

疑問がいくつも浮かぶものの、口に出せる余裕がない。

「やっぱり人間、死ぬ気になれば何でもできるものなのね。まあ、実際ほとんど死にかけてたわけだけど……あれ？　そういえば背中が痛くない……？」

そこで少女はハッとした様子で体をねじり、自分の背中を確認した。

「ええっ⁉　怪我治ってる⁉　っていうか服まで⁉　もしかして魔神が治してくれたの？」

こくりと頷く。

女子にあちこちを触られた衝撃で、すぐには声が出なかったのだ。

「ホントに⁉　こんなの再生じゃなくて復元じゃない！　っていうかあの使い魔は？　そっちも何とかしてくれたの？」

少女は荒れた和室を見回して問いかけてくる。

――今度こそちゃんと答えなければ。

俺は小さく咳払いをして喉の調子を整え、何とか言葉を絞り出した。

「……マネキンみたいなやつなら、俺が倒した」

それでも緊張して片言みたいな返事になる。ただ彼女は特に気にした様子もなく、顔を輝かせた。

「やったーっ!! すごい! さすがわたしの魔神!!」

そう叫ぶと少女はいきなり俺に抱き付いてくる。

「んなっ⁉」

地下室から移動させた時に一度抱き抱えはしたが、あちらからとなると話が全然違う。

全身に少女の体温と重さを感じ、服の向こうから伝わる柔らかさに思考が停止した。

「えらいえらい、よくできました!」

少女はペットの犬にでもするかのように、俺の頭を遠慮なく撫でてくる。

――何だ、この扱いは?

密着する少女の体に動揺しつつも、彼女があまりに警戒心なく接してくることに俺は疑問を覚えた。

俺はこの少女に〝魔神〟として呼び出された――これまでの言葉や状況から、そのことは何となく分かる。ただ、少女にとって俺は初対面の男であるはずだ。こうまで気安くなれるものだろうか。

「これならもう少し生き延びられそう! よーし、一つでも多く夢を叶えてやるわ!」

一人で勝手に喜んで、何か気合を入れた彼女は、俺から体を離して室内に目を向けた。

「じゃあ魔神、とりあえずこの部屋を片付けて」

「は？」

少女から解放されたことで少し余裕を取り戻した俺は、突然の命令に眉を寄せる。

「また聞こえなかった？　ひょっとして耳が遠いのかしら。部屋を片付けてって言ってるの。このままじゃくつろげないでしょ？」

荒らされた和室を示して少女は命令を繰り返した。しかし何故そんなことを俺がしなければならないかの説明がない。

「……だから何だ。元気になったのなら、自分で片付けろ」

少女を助け、傷を癒したのは、通り魔から他人を守った〝気の迷い〟の続きみたいなもの。あくまで俺自身の意志であり、少女の命令で動いたわけではない。

「え？」

俺としては当然の返答だったが、少女は思いがけない言葉を聞いたという表情で固まった。

「ど、どうして言うことを聞いてくれないの？　魔神って召喚した魔術師には絶対服従なんじゃ……」

先ほどの遠慮ない態度とは打って変わって、怯(おび)えを含んだ表情で少女が疑問を口にする。

「よく分からないが、お前に服従したつもりはない」

「っ⁉」

俺の返答を聞いた少女は凄い勢いで飛び退き、柱の陰に半身を隠した。

「う、うそ……主従契約に失敗してたの⁉　じゃあここにいるのって〝わたしの魔神〟じゃなくて、ただの魔神⁉　これ、やっぱりわたし死んだんじゃ……」

顔面蒼白（そうはく）でぶつぶつと呟く少女。

どうやら遠慮のない態度を取っていたのは、俺が彼女に絶対服従だと思いこんでいたからしい。

少女が離れたことで気持ちに余裕は生まれたものの、五年引き籠りの阿久津恭也ではまともに会話できる気がしない。だからあくまで今の自分は魔神ルガーなのだと言い聞かせ、ゲーム中での喋（しゃべ）り方で問いかける。

「どうでもいいから、状況を説明しろ。何故、俺はここにいる」

一番気になっている疑問をぶつけると、少女は表情を強張らせた。

「そ、それは、わたしが魔神召喚の儀式をしたからだけど……あれ？　襲ってこない？　そういえば主従関係じゃないのに、どうしてわたしを助けてくれたの？」

俺が知りたいのはもっと核心的な部分だったが、そこへ辿り着く前に少女の話は脱線してしまう。

「……助けたのは気まぐれだ。それより――」

俺は嘆息して話を戻そうとしたが、その言葉は少女の声に掻き消される。

「えーっ⁉　じゃあ魔神は理由もないのに助けてくれたんだ！　ひょっとして魔神っていい人？」

柱の陰から出てきた少女は、少し警戒心を解いた様子で訊ねてきた。

「…………魔神をやってるような奴がいい人だと思うか？」

少女の発言に嘆息し、じろりと睨みつける。いい人、という言葉は好きじゃない。

「ひっ⁉」

悲鳴を上げて少女は再び柱の陰に隠れてしまう。

しかしすぐにおずおずと顔を覗かせ、ぎこちない笑みを浮かべた。

「いい人じゃないとしても……助けてくれて、ありがとう。わたし、まだ死にたくなかったから……生きていられて、すごく嬉しいわ」

「――――」

俺は言葉を失う。

礼など言われたのは、いったいいつ以来だろうか。少なくとも引き籠ってからは一度も聞いたことがない言葉だ。

「あの、それでね……厚かましいとは思うんだけど、お願いがあるの。命令じゃなくて……お願い」

柱の後ろから歩み出てきた少女は、俺の前までやってきて言う。

「――部屋の片づけなら、断る」

驚きから何とか立ち直った俺が釘（くぎ）を刺すと、少女は小さく笑った。

「それはもう別にいいわ。わたしが本当に頼みたいのは一つだけ――お願い、魔神。少しの間でいいから、わたしを守って」

「守る？　さっきの、マネキンみたいなやつからか？」

「ええ、このままだとわたし、すぐに殺されちゃうの。そんなのは嫌……」

頷く少女を見ても、特に心は動かない。

誰だって死ぬのは嫌だろう。俺だって嫌だ。嫌なのに他人を庇うなんて馬鹿な真似をした。

その惰性で少女を助けたが、今後も助け続ける義理はない。魔神ルガーとしてのステータスとスキルがあれば、先ほどの金属人形ぐらいは簡単に退けられるだろうが、俺がそれをする理由は一つもないのだ。そう思っていたのに――。

「わたし、ずっと魔術の修行ばっかりで……一つも青春っぽいことをしてないの！」

「……魔術の修行？」

懸命な彼女の様子と〝魔術〟という突飛なワードに興味を引かれて、つい会話を続けてしまう。

「うん、わたしの家……ずっと昔から魔術を受け継いできた魔術師の家系なの」

「それは——本気で言っているのか？」

俺は眉を寄せて問いかける。

正直、現実に魔術を使う人間がいるなどとすぐには受け入れられない。

けれど彼女は俺の言葉を別の意味に捉えたようだった。

「っ……確かに、魔神からすればわたしの魔力なんて感じ取れないレベルよね。わたしの家はお母さんの代で魔術を使う力が急激に弱まっちゃって、わたしはもうほとんど一般人みたいなもの。でも、お婆様はわたしが〝できない〟ことを許さなかった……だからわたしは、何の成果も上がらないことにこれまでの時間全てを費やすしかなかったのよ」

彼女は心底悔しそうに拳を握りしめる。

魔術や魔術師について納得できたわけではないが、彼女から伝わってくる感情は〝本物〟に思えた。

「わたしはこんな人生のまま、死ぬのは嫌！　ちょっとだけでいい……普通の子たちと同じ経験をしてみたいの！」

少女の必死な叫びが胸に突き刺さる。

青春——か。

それは俺にとって劣等感と共に過ぎる言葉。

小学五年生の途中から学校に行かなくなった俺に、当然ながら青春なんてものはなかった。

同い年の奴らが制服を着て登校し、教室で噂話をして盛り上がり、放課後は連れだって繁華街に出かけ、甘酸っぱい恋愛をしているような時に、俺は部屋の中で一人きり、テイルナノーグの魔神として、ひたすら他のプレイヤーを狩り続けていた。

仮想世界でもそんな有様だったから、ゲーム内の恋愛すら経験していない。

だからだろう。

青春っぽいことをしたいと、真っ正直に堂々と声を上げた少女の姿に見入る。

自分には縁がないものだと諦めていたつもりだったが、俺の中にも少女と同じ想いがあったことを気付かされてしまった。

だから、何も言えない。

そんな俺に、少女は苦笑を向ける。

「あはは……我ながら馬鹿っぽいお願いよね。でもこれがわたしの望みなの」

恥ずかしそうに頭を掻く彼女に、俺は静かに問いかけた。

「どうしても叶えたい願いなのか？」

「うん、どうしても。絶対に！」

きっぱりと答える少女。

正直、少しだけ心を動かされていた。

ただ、それでも理由が必要だ。共感はしたけれど、彼女の望みを俺が叶えてやろうとはまだ思わない。

俺が欲しかったものを、何故他人に与えなければならないのか。

だからこう訊ねる。

「頼み事をするなら、普通は報酬が必要だと思うが」

俺は試すように少女を見つめた。

すると彼女は少し考え、こう答える。

「――三つ。ホントは百個以上あるんだけど、三つでいい。三つわたしの〝青春〟を実現させてくれたら……わたしをあげる」

「は？」

冗談かと思ったが、少女は真顔だった。

「三つの願いと引き換えに魂を捧げるのは、悪魔と取引する上でのセオリーでしょ。魔神は悪魔の最上位存在みたいなものだし、この方式が有効よね？」

「いや、魂とか貰っても……」

あまりに想定外の提案をされ、つい素が出てしまう。

――そもそも俺、悪魔じゃないし。

「ええっ⁉　じゃあもしかして生き血とか啜る系？　確かにあなたって肌が白くて吸血鬼っぽいかも。嚙まれるのは痛そうだけど……それでもいいわ！　わたし、しょ、処女だからたぶん血も美味しいわよ！　魂も体も全部あげちゃう！」

顔を真っ赤にしながら、自分を売り込んでくる少女。

体もあげるという言葉に想像が膨らんで、俺も顔が熱くなる。またもや彼女の白いパンツがフラッシュバックし、平常心を掻き乱した。

さらに彼女は震える手でシャツのボタンを上から外していく。

「信じられないなら、味見……する？　好きに……していいよ」

胸元までボタンを外した彼女はシャツをはだけ、髪を掻き上げて白い首筋を晒す。

彼女にとっては血を吸いやすくするための行動だったのだろうが、俺は首筋よりも制服の内から零れ出た大きな二つの膨らみに目を奪われていた。

「ぐっ⁉」

熱いものが込み上げ、俺はとっさに鼻を押さえる。

白い下着に包まれた彼女の胸――とてつもなく柔らかそうなその谷間は、パンツを目にした時以上の衝撃を俺の脳に与えていた。

ああ、何て綺麗なんだろう。

頭がぼーっとし、手が自然と彼女の方へ伸びる。

「っ……」

俺の動きを見た彼女は、微かに体を震わせた。

それを見た俺はハッとする。一気に罪悪感が湧き上がってきた。

――いや、待て待て待て！　だから俺は悪魔じゃないんだし、こんな取引は成り立たないだろ！

自分にツッコみを入れ、俺は腕を降ろす。

それに今の俺は魔神ルガーだ。現実世界でそのスキルを使えるのなら、きっと大抵のものは手に入るだろう。別に彼女を力ずくでどうこうするつもりはないが、わざわざ譲ってもらう必要性も皆無。

ただ――。

俺を見つめる少女の瞳に、わずかな後悔も浮かんでいないことに驚く。

つまり三つの願いを――少女の欲する〝青春〟を実現できれば、彼女は死んでもいいと思っているということ。

死にたくないと考えるのは、人として当たり前のことなのに。あんなに痛くて苦しいものなのに――。

「……お前の覚悟は分かった。味見はいい。その報酬で十分だ」

俺は首を縦に振る。

少女が示した対価に心が動いたわけじゃない。彼女がいったい何を願うかに興味が湧いたのだ。

俺も――青春を経験したかった。でも具体的に何がしたいかは思いつかない。

自分は何をしたかったのか。何を欲しかったのか。

あの日、俺は何故五年ぶりに外へ出たのか。どうして他人を庇ったのか。

少女の〝青春〟を見ればそのヒントが摑めそうな気がした。

「っ……ありがとう！　これで今度こそ契約成立ね！」

そう言って少女はシャツのボタンを留めてから、こちらに手を差し出す。

「わたしは零奈。魔術師の白亜零奈よ。あなたは？」

少女――零奈の細い腕と小さな手を、俺はじっと見つめた。

……いや、女子の手をいきなり握るとか無理だし。

「ルガーだ」

申し訳ない気はしたが、彼女の手は握らずに自身の名を短く告げる。

今は亡き仮想世界に君臨した、魔神としての名前を。

3

握られることのなかった手を少し残念そうに引っ込めてから、零奈は言う。

「じゃあわたしは屋敷の魔術防壁を復旧してくるわ。お婆様が作ってくれたものだから、わたしでも要石に魔力を注ぐだけで起動できるの。さっきみたいな相手には気休め程度だけど……侵入を察知する役には立つから。その間にルガーは部屋の片付けをしておいてね」

「は？」

「あ、これはお願いじゃなくて〝協力〟だから。お互い、まずは落ち着いて話せる環境を作った方がいいでしょ？」

戸惑う俺を和室に残し、零奈はどこかへ行ってしまった。

「……結局、俺が片付けるのかよ」

俺は荒れた室内を見回して嘆息する。

――面倒だな。ちょっと試してみるか。

一つ思いついたことがあり、増幅魔法を唱えてショートカットスキルを発動。

「拡大術式（コード・エクステンド）リザレクト」

部屋全体に効果範囲を広げ、復元魔法を発動させた。

しかし緑色の光が部屋を包んでも変化は現れない。

「やっぱり復元魔法は〝キャラクター〟と〝装備品〟にしか効果はないか。ティルナノーグと同じ制限なんだな」

俺は溜息を吐き、しぶしぶ自分で部屋を片付け始める。

――リザレクトは最高位の回復スキルだが、死亡状態のキャラも対象にはできない。だとすれば死んだら終わりか。

さっき零奈の治療を後回しにしていたら、たぶん手遅れになっていただろう。

ティルナノーグにはいくつか復活スキルも存在するが、それを〝他者に〟使用できるのは高位の神官系職業のみだ。

そもそもソロでプレイしていた魔神ルガーには必要のないものだったが、こうして他人を守らなければならない立場になると、少し危うさを感じてしまう。

「っしょ……」

襖を元に戻し、地下への入り口は畳で塞ぎ、横倒しになっていたテレビを台の上に戻した。幸いテレビは傷ついていなかったが、破れた障子はどうしようもないので諦める。

割れた蛍光灯の破片を片付け、ひっくり返っていた丸机を部屋の中央に置き、座布団をその横に置くと一応は体裁が整った。

「魔術師、か……」

零奈は先ほどそう名乗ったが、こうして和室を見回すと普通の家にしか思えない。

俺が魔神ルガーとしてここにいるのは不可思議な現象だが、現実に魔術を使える者がいるというのも相当あり得ない状況なのではないだろうか。

そう考えていた時、床に写真立てが落ちていることに気付く。拾い上げてみると、中には家族写真らしきものが収められていた。

そこに写っていたのは二十代後半ぐらいの男女。女性の方は髪の色素が薄く、顔立ちも零奈によく似ている。

「――それ、両親よ」

背後から声が聞こえて振り向くと、お盆を手にした零奈が立っていた。お盆には湯気が立ち昇る湯呑が二つ載っていて、彼女はそれを机の上に置く。魔術防壁の復旧とやらは終わったらしい。

「わたしがまだ小さい頃に死んじゃったの。それで祖母のところに引き取られたんだけど……お婆様は白亜家の血に誇りを持っている魔術師で、そこからずっと修行の日々だったわ。まあ、〝終末〟が近づいているのは分かってたから、仕方ないんだけど」

零奈は座布団の上に正座し、溜息を吐いた。ぴんと背筋が伸びた姿勢からも、彼女が厳しい躾けを受けていたことが察せられる。

ただ、彼女のスカートが短すぎるせいで、太ももの〝奥〟に視線が引きよせられる。

――下着を見て倒れたら、みっともないってレベルじゃないぞ。

俺はそう自分に言い聞かせながら写真立てをテレビ台の上に置き、彼女の向かいに腰を下ろした。ずっと楽な態勢でゲームをしてきたので、俺の方は自然と猫背気味な姿勢になってしまう。

変な気を起こすな、ここは真面目な場面だ。

彼女が口にした現実離れした単語について、まずは問いかけなければならない。

「……終末とは何だ？」

表情を引き締めて俺が聞き返すと、零奈は苦笑を浮かべた。

「基礎情報を付与して召喚したはずなのに……それも失敗していたみたいね。じゃあ簡単に説明するわ」

「そうしてくれ。正直、俺は何で自分がここにいるのかも分かっていない」

頷いて彼女を促す。

「えっと、実を言うとね。今の世界はもうすぐ終わっちゃうのよ。それで世界の管理者である魔術師は、次の〝創造主〟を決めるために〝魔神〟を召喚して争ってるわけ」

本当に簡潔な言葉で現状を語った零奈は、それでもう説明は終わったという様子で湯呑に入ったお茶を啜った。

だが俺の混乱は余計に大きくなっている。

「世界が……終わる？」

「うん、寿命的な感じ。どんなにしっかりした建物でも耐用年数ってあるでしょ」

俺の疑問に彼女はさらりと答えた。

「そうかもしれないが……魔術師が、世界の管理者というのは？　それに魔神を召喚して争うって――」

　これは本当に〝現実〟の話なのだろうか。

　リアルの皆淵市と同じマップのゲーム世界だと言われた方が、むしろ納得できるかもしれない。

「魔術師は今の世界を作った創造主（ワールドマスター）の末裔（まつえい）なのよ。だから世界の理（ことわり）に干渉する〝魔術〟が使えるの。そしてその究極形が〝魔神召喚〟――サモン・アークエネミー。その名の通り魔神を呼び出し、使役する術。その魔神を使って戦い、最後に残った魔術師が次の創造主（ワールドマスター）になるわ」

　淡々と説明する零奈を眺めて、俺は眉を寄せる。

「……二つ、確認したい。ここは本当に〝現実〟か？　俺は何かのゲーム――お前の〝遊び〟に付き合わされているんじゃないのか？」

　我慢ができなくなって俺は問いかけた。

　ここが本当に俺の知る〝現実〟なのか自信が持てなくなってきたのだ。

「えっと……ルガーが何を聞きたいのかよく分からないけど……ここは、わたしにとって間違いなく現実よ。それにゲームや遊びでもない。次の創造主（ワールドマスター）を巡る戦いはもう始まってる。四月の初め、魔術師だけに見える徴（しるし）――〝黄昏（たそがれ）の星〟が夜空に顕れた時にね」

しかし零奈はこれ以上ないほど真面目な顔で、ここが現実だと断言する。

彼女が嘘を吐いているようには見えない。だが――。

「……大仰すぎて、むしろチープに聞こえるな」

正直な感想を口にすると、零奈は苦笑した。

「あなたがそれを言う？　だけど、わたしも同感。チープよチープ。次の創造主とか、そんな安っぽい言葉に踊らされて殺し合うなんて馬鹿馬鹿しいわ。それよりも、わたしにとっては失われた青春の方がずっと大事よ」

ぐっと拳を握りしめて断言する零奈。

やはり彼女は〝青春〟というものに対して並々ならぬ執着があるらしい。

それを見ていると、彼女は紛れもなく現実を生きているのだと感じられた。

――疑っていたらキリがないな。

魔術や終末の話は信じがたいが、一先ず全てが〝現実〟だと受け入れてみよう。

「けど、こうして襲われたってことは……本気で次の創造主とやらを狙っている奴がいるってことか」

気持ちを切り替えた俺は、破れた障子に目をやって呟く。

それを聞いた零奈は表情を暗くした。

「ええ、だって創造主になれば好きなように世界をリメイクできるんだもの。そして他の魔術師は〝理〟が更新されることで力を失うわ。そりゃ必死になるわよね……お婆様もそう。絶対に白亜家を存続させるんだって、取り憑かれたみたいに繰り返してた」

「そのお婆様とやらは今どうしている？」

俺は襖の方を気にしながら問いかける。

「少し前に病気で亡くなったわ。悲しかった……けど、同じぐらいホッとした。終末の話は聞いていたけど、これでしばらくは普通の生活を送れるんだって思ったから。でも、高校入学の手続きを終えた直後に〝黄昏の星〟が輝いて——死にたくないから魔神を召喚しようと頑張ったけど全然上手くいかなくて……そして今日、生まれて初めて学校へ行けるって日に……さっきのアレが襲ってきたの」

地下室が隠されている畳に視線を向け、零奈は答えた。

金属人形のことを思い出しつつも、俺はもっと違う部分が気になって口を開く。

「……学校、行ったことがないのか？」

俺ですら小学五年生の四月までは学校に行っていた。

青春とは言えないけれど、それでも色々な思い出はある。零奈はそうしたことも経験していないということなのだろうか。

「ええ、普通の科目は全部家庭教師に習ったわ。それで他の時間は全部魔術の勉強。わたし、お婆様が亡くなるまで……学校どころかこの屋敷から外に出たことも、ほとんどなかったの」

　自嘲気味に語る零奈を見て、俺と彼女は本質的に正反対であることを悟る。

　他にどうしようもない状況だったとは言え、俺は自分の意志で家の中に引き籠った。けれど零奈は外に出たくても出られなかったのだ。

「初めて学校へ行く日って言ったよな。じゃあ今日は――」

「そう、高校の入学式。お婆様はかなり広い人脈があって……お葬式に来てくれた人の伝手で入学できることになったの。これ、わたしが入学する皆淵高校の制服なのよ」

　零奈は得意げにブレザータイプの制服を示す。

　皆淵高校といえばこの街にある公立の学校だ。どうりで制服に見覚えがあったわけだと納得する。

　俺も普通に学校へ行っていれば、恐らく皆淵高校に進学していただろう。

「ルガー、制服を直してくれてありがとう。これ、本当に大切なものだったから。わたしの一つめのお願い――どうしても経験したい青春は〝学校へ行くこと〟なの」

　制服に手を当てて零奈は礼を言った。

　――学校へ行く。それが命を懸けた願いの一つめ？

　俺は息を呑み、彼女の顔をまじまじと見つめる。

　本気だった。これ以上ないほど真剣だった。

「………登校できればいいのか？」

　確認すると彼女は首を縦に振る。

「そう、それだけでいいわ。でもルガーの助けがないと、その程度のことすらできない。一人で外に出たら、きっと学校に着くまでに殺される」

　それを聞いた俺は時計を探して部屋を見回した。けれど見つけた壁かけ時計はひび割れて壊れている。

「今、何時だ？」

「あ、ちょっと待ってね——七時五十分よ。せっかく早起きして準備していたのに……もう朝ごはんを食べてる時間はなさそう。わたし、ちょっと色々仕上げてくるから、ルガーも早く着替えてきて」

　制服のポケットから携帯端末を取り出し、零奈は俺に答えた。

「着替える？」

「その格好で外出したら目立ちすぎるでしょ。二階——階段上がってすぐの部屋にお父さんが若い頃に着てた服があるわ。お婆様は小まめに虫干ししてたから、たぶん着れる物は見つかるはずよ」

　零奈はそう言って、廊下へ続く襖を指差す。

　確かに俺が身に付けているのは中世風ファンタジー世界の衣装なので、外に出れば間違いなく浮くだろう。

「いや、だが防御力とか――」

あくまでゲーム内での話だが、俺の装備は全て特殊効果を備えた最高クラスの防具だ。これを脱ぐと様々な耐性値が下がってしまう。

「いいから早く。遅刻しちゃうわ」

しかし零奈は俺の言葉を聞かずに、慌ただしく部屋を出ていった。水音が聞こえてきたので洗面所に行ったらしい。

「……まあ、攻撃方面は問題ないし、何とかなるだろ」

俺は仕方なく廊下に出て、二階への階段を探す。

木の廊下は歩くと少し軋むが、傷んでいる感じはない。階段は玄関のすぐ傍にあった。

玄関に黒い学生靴が並べられているのを横目で眺めつつ、俺は二階に上がる。

階段はかなり急で、自宅の階段と同じ登り方をすると脛を擦りそうだ。

「……ここ、だよな」

零奈に言われた通り、階段を上り切ってすぐの部屋――その引き戸を開けてみた。

カーテンが閉められていて中は薄暗い。入り口の近くにスイッチは見当たらなかったので、丸い蛍光灯からぶら下がっている紐を引くと電気が点く。

明るくなった部屋を見回すと、そこは何というか――俺の部屋と少し似ていた。

床はフローリングで広さは六畳ほど。古そうな学習用の机には、少し埃を被った本が並んでいる。奥の窓際には、きちんと整えられたベッド。机と反対側の壁には本棚と古い簞笥、クローゼットが置かれていた。

クローゼットを開くと、そこには男性用の服がたくさん吊られている。これが、零奈の父親が若い頃に着ていた服のようだ。簞笥も確認してみると、下着やTシャツが詰まっていた。

どうやら彼が使っていた頃のまま維持されているらしい。社会人が着るような服は見当たらないので、きっと高校か大学を卒業するタイミングで家を出たのだろう。

「で……何を着ろっていうんだよ」

俺はぼやきながらクローゼットの中を探る。

だが俺はそこで思いがけないものを見つけた。

「これは……」

皆淵高校の男子用制服。どうやら零奈の父親も皆淵高校に通っていたらしい。虫干しはしていると言っていたが生地は色あせ、長い年月の経過を感じさせる。

気付くと俺は制服を手に取り、まじまじと眺めていた。

中学に行かず、高校入試も受けることがなかった俺には縁がなかったもの。

「学校に行く、か」

この服を身に付けて、通学路を歩き、高校の門を通る——。

それは阿久津恭也には手が届かなかった日常だ。

そして今の零奈にとっても、通学は命がけの難行。

「……あいつは学校に行ければ、普通にやっていけそうなのにな」

あれだけ美人で性格も明るければ、すぐに友達ができるだろう。

不思議とそのことに嫉妬は感じない。

俺は自分の状況を変えるために〝命を懸ける〟ことはできなかった。だからそれができる零奈は、相応のものを手に入れてもいいはずだ。

「そうじゃないと——救いがないだろ」

苦笑交じりにぼやいて、俺は制服のブレザーをハンガーから外した。

さすがにこれほど古びた制服を着て登校すれば、悪目立ちすることは想像に難くない。

だが俺には〝装備品〟を復元するスキルがあった。

「術式（コード）、リザレクト」

俺は制服に手を翳（かざ）し、ショートカットスキルを発動する。

緑色の光に包まれた制服は、あっという間に新品同様の状態に蘇（よみがえ）った。

皆淵高校の制服に着替えて階段を降りると、玄関で靴を履いて待っていた零奈は目を丸くする。

「ルガー……それって――」

「学校へ行くのなら、これが一番自然だろう。お前の父親のものだという話だったが。制服の様式は変わってないか？　あと……ネクタイの締め方を教えろ」

俺はネクタイを手に、魔神モードの口調でぶっきら棒に問いかけた。

思っていた以上に照れ臭さと、罪悪感に近い感情がある。高校の制服を選んだ理由は今答えたものだけではない。単純に――一度でいいから制服というものを着てみたかったのだ。

幸いサイズはぴったりだった。もし阿久津恭也の体格だったらズボンの裾がかなり余っていたに違いない。

「えっと……デザインはほとんど同じだと思うけど――あ、でもネクタイの色とかは違う気が――」

「なら、これは着けないでいいな」

俺は少しホッとして、ネクタイを靴箱の上に置いた。締め方を教わるのは正直恥ずかしかったのでちょうどいい。

少しぐらい着崩しても別に構わないだろう。息苦しいので、ついでにシャツの第二ボタンまで開けておく。

零奈はそんな俺をまじまじと眺め、大きく頷いた。

「うん――確かに、その格好なら並んで歩いてても目立たないわね。最初はびっくりしたけど、よく見るとすごく似合ってる」

にこりと笑う零奈の顔を見てドキリとし、同時に気付く。

「……お前も、まああだな」

ぎこちなく俺は言葉を紡いだ。

「え、何が？」

「髪……」

短く答え、零奈を指差す。

先ほどまでの彼女は長い髪をそのままストレートに流していたが、今は頭の両脇で二つに纏(まと)めていた。

「あ――ふふ、ありがと。よかった、ちょっと変じゃないかなって不安だったの」

「っ……」

本当に嬉しそうな顔で零奈が笑うので、俺はそれ以上何も言えなくなってしまう。

無言で靴箱の奥から麗奈の父親のものだと思われる古い学生靴を引っ張り出して、中腰で靴紐を縛る。

「……行くぞ」

準備ができた俺は、そう言って玄関の扉を開けた。

眩しい朝の日差しが目に飛び込み、通りのざわめきが耳へ流れ込む。

玄関口から数歩の距離にある屋敷の門。その向こうには、学校や仕事場へ向かう人々の日常が溢れていた。

4

——現実感がない。

魔神ルガーの体で召喚されたことを知った時よりも、今の状況は現実離れしていた。

俺が女子と二人、高校の制服を着て通学路を歩く——。

それはティルナノーグのファンタジー世界よりもファンタジーな、妄想じみた光景だ。

しかも……。

「ルガー……ちゃんと、守ってよね」

零奈は周囲を見回しながら、俺に腕を絡めてくる。襲撃を警戒しているのだろうが、この体勢では歩くたびに肘が柔らかなモノに当たってしまう。

何だこれは。ひょっとして俺は夢でも見てるのか？　いや、むしろ夢だっていう方が納得できる状況なんだが――。

引き籠りの阿久津恭也には過剰な刺激に脳がオーバーヒートしかける。だがそこで俺は彼女の体が震えていることに気付いた。

――そりゃ怖いか。あんな傷を負わされて……死にかけたんだもんな。

一人舞い上がっていたのが恥ずかしくなり、俺は気持ちを引き締めて周りに視線を巡らせた。

俺たちは今、住宅地のなかの一方通行の細い道を下っている。

和室の縁側から皆淵市が一望できたことから分かるように、零奈の家は高級住宅が立ち並ぶ丘の上にあった。学校や駅はどこも平野部にあるため、周りを歩く学生やサラリーマンも俺たちと同じように坂を下り、時折車が徐行しながら脇を通り過ぎていく。

――特に〝敵意〟は感じないな。

ティルナノーグには感覚を補助するスキルがいくつもある。この現実でも魔法が使えたのと同様に、それらのスキルも機能していた。

俺が取得しているのは、敵意感知、気配感知、危機感知、視覚強化、聴覚強化、攻撃予測の六つ。意識を集中すれば、目を閉じていても周りにいる者の位置が気配で分かるし、こちらに敵意を向けている相手がいればすぐに察知できる。遠距離からの攻撃も事前に気付くことが可能だ。

多くのプレイヤーのヘイトを集めていた魔神ルガーにとって、こうした奇襲対策は必須だった。

「ね、ねえ……何だかわたしたち、ちょっと目立ってない？　さっきから周りの人がちらちら見てくるんだけど」

周囲を警戒していると、零奈が不思議そうに問いかけてくる。

「……目立つに決まっているだろ。こんな朝っぱらから、男女が密着して腕を組んでいるんだからな」

俺は溜息吐いて答えた。

「え、ええっ⁉　そういうものなの？」

驚いた様子で目を丸くする零奈。

家からほとんど出たことがなかったというのは本当らしく、かなり常識が抜けている。

「今のところ仕掛けてくるような奴はいない。少し離れたらどうだ」

このままでは俺の心臓が持たないと感じ、少し勿体(もったい)ない気もしながらそう提案した。

「……わ、分かった」

渋々といった様子で零奈は腕を解く。けれどやはり怖いのか、並んで歩く距離は変えなかった。

彼女の髪が靡(なび)くと、ふわりといい匂いが漂ってくる。たまに手と手が触れるたびに心臓が跳ねるので、あまりストレス軽減にはなっていない。

つい彼女の整った横顔を見てしまうため、俺は意識的に顔を前に向けた。

──俺の家はあの辺りだな。

坂から見渡せる街の左側。ここと同じように小高い丘となっている場所をぼうっと眺める。

そういえば〝阿久津恭也〟は今、どうなっているのだろうか。

ふとそんな疑問が湧き上がった。

ティルナノーグのサーバーが停止し、俺が家の外に出たのは四月九日。俺の〝世界〟が終わった日なのだから、はっきりと覚えている。

「なあ、今日は何月何日だ？」

零奈に問いかけると、彼女は携帯端末で確認することなく空で答えた。

「え？　四月十一日だけど」

──あれから二日か。

「一昨日、街で何か事件が起こらなかったか？」

自分が魔神ルガーとしてここにいる以上、何となく予想はついたが……通り魔事件の結末を知りたくて訊ねる。

「事件？　んー……ここ数日は入学の準備と魔神召喚に掛かり切りだったから分からない

わ。さっきも言ったけど、わたし——魔術師としてはかなりの失敗作でね。他の魔術師に狙われる前に、早く魔神を召喚したかったんだけど……全然上手くいかなくて……」

失敗ばかりの日々を思い出したのか、零奈は重い溜息を吐いた。

「そうか——」

残念な気持ちと安堵が半々で、俺も嘆息する。

すると零奈は俺の反応を見て勘違いしたのか、慌てたように付け加えてきた。

「あ、でも最終的にはこうしてルガーを召喚できたんだし、わたしもやればできる子なんだから！　まあ……主従関係とか、色々失敗もしちゃったけど」

「お、おう……」

彼女の勢いに押されて俺は頷く。

ともかく、事件については後で調べればいいだろう。いざとなれば自宅に行くという手もある。

もし俺があのまま死んだのだとしたら、父さんと母さんは今どんな気持ちなのか。

腫れ物のように扱ってきた息子がいなくなって安心したのか……それとも、少しは悲しんでくれたのか——。

いつも部屋の扉の前に置かれていた冷えた料理の味が蘇る。

——やっぱ家に行くのはやめておこう。

正解を知りたくないと思った。真実がどんなものであれ、傷付くだけのような気がしたから。

「ルガー、どうかした？」

複雑な感情が顔に出ていたのか、零奈が少し不安そうに俺を見上げてくる。

「何でもない」

「そう……？　あ、そうだ。聞き忘れてたけど、ルガーはどこの魔神なの？」

ふと思いついた様子で質問する零奈。

「どこ？」

何を訊ねられているかが分からず、俺は眉を寄せて聞き返した。

「どういう伝説で語られてるとか、どんな逸話があるのかとか、そういうのよ。わたし、あんまり神話とか歴史に詳しくなくて……でも、ルガーも有名な魔神か――もしくは悪魔や魔王って呼ばれてた存在なんでしょ？」

期待と好奇心に輝く瞳を向けられ、俺の頬を冷や汗が伝う。

「ま、魔神は、基本的に有名なのか？」

焦りを覚えながら問いかけると、零奈はおかしそうに笑った。

「ふふっ――ルガーに自覚はないかもしれないけど、現代の人間に〝最高位の悪性存在〟だって認識をされているから、こうして魔神として召喚できたのよ」

それを聞いて俺は理解する。

——零奈の魔神召喚は、最後まで失敗していたんだ。

少なくとも俺は神話や歴史に名を残した魔神や魔王、悪魔などではない。

仮想世界で魔神と呼ばれていただけの引き籠りだ。そこらの不良やごろつきにも劣る、現実での強さは皆無の悪人。場違いにもほどがある。

「悪性存在、か。つまり敵の魔術師が召喚するのも……伝説に残っているほどケタ違いに〝悪い奴〟なんだな？」

これからそんな〝本物〟と争うのかと思いながら俺が確認すると、零奈はぷっと吹き出す。

「あははっ！　悪い奴って——確かにそうだけど、そんな言い方すると怖くなくなっちゃうじゃない」

——俺はそういう〝怖くない悪人〟なんだよ。

おかしそうに言う零奈を見ながら、俺は胸の内で呟いた。

「ルガー、言っておくけど舐めちゃダメよ？　今朝襲撃してきたドールは、間違いなく魔神本体じゃないわ。ただの使い魔か、魔神が何らかの能力で作り出した尖兵よ」

釘を刺すように彼女は言うが、俺が気にしているのはそんなことではない。

——俺みたいな偽物が、本物に勝てるのか？

ゲームの中と同じように魔法やスキルが使えたので、大概のことなら何とかなる気がしていたが……急に自信がなくなってきた。

カンカンカン――。

坂の下から響く踏切の音。遮断機が下り、人や車が溜まり始める。

「で、ルガーはどこの魔神？」

零奈は先ほどの質問を繰り返した。

「……秘密だ」

「えぇー」

不満げに頬を膨らませる零奈。そんな仕草も可愛らしいが、真っ正直に答えるつもりはない。

俺がゲームの中の魔神だと教えても、ただ不安にさせるだけだ。

「俺が誰だろうと、やることをやれば問題ないだろう？」

「それはそうだけど……」

頷きつつも膨れっ面は直らない。

カンカンカンカンカン――。

そうしている間に俺たちも踏切の待機列に追いつき、足を止めた。

遠くからガタンゴトンと電車の音が近づいてきて、目の前を勢いよく車両が通りすぎる。

太陽の日差しを反射した電車の窓ガラスがチカチカと瞬いた。

ぞわり。

その瞬間、背筋が粟立つ。

敵意感知。

——来た！

身構えた時には、もう異変は起きていた。

「な……!?」

周りにいた学生やサラリーマンが忽然と姿を消している。停まっていた車もない。動くものは、目の前を通り過ぎていく電車だけ。しかし車両の中には人の姿がない。この時間なら大勢の客が乗っているはずなのに——。

さらに空を見上げれば、朝の青空は不気味な灰色に染まっていた。

カンカンカン——。

踏切の警報音が響く中、零奈も驚きの表情で辺りを見回す。

「これって位相結界……!?」

「何だそれは？」

「位相を少しズラした隔離空間に、対象を閉じ込める魔術よ。お婆様に見せてもらったことがあるわ。でもこんな前触れもなく——」

俺の疑問に答えた零奈は、通り過ぎる無人の電車を見てハッとした。

「そっか……電車に魔術の起点を仕掛けていたのね。ルガー、こうなったら結界に魔力を供給している敵を倒すしかないわ。お願い……できる？」

俺の袖を遠慮がちにつまみ、零奈は俺を揺れる瞳で見上げる。

「――そうしないと〝登校〟できないのなら、やるしかないだろ」

頷く俺の目の前を、空っぽの電車が駆け抜け――踏切の向こう側の様子が露わになった。

何となく予想はしていたが、そこに〝敵〟はいた。

俺たちの周りから人が消えたのとは正反対に、あちらの遮断機の向こうは〝人形〟で埋め尽くされている。

俺が地下室で倒したあの金属人形だ。少なく見積もっても百体はいるだろう。

数えきれない敵意が俺たちに向けられているのを感じた。

「何て数……こんなのさすがに――」

零奈が息を呑む。

「大丈夫だ」

しかし俺は彼女の頭にポンと手を置いて、一歩前に出る。

見たところ敵の魔術師や魔神らしき者はいない。どれだけ数が多くとも、既に〝倒せる〟ことが分かっている金属人形が相手なら打つ手はあった。

「詠唱入力──」

俺は右手を翳し、口頭詠唱でスキル発動の準備に入る。

ティルナノーグで魔神になってからの俺は、複数パーティーによる〝討伐軍〟に狙われたことが何度もあった。

そうした場合に多人数の敵を一気に殲滅できるスキルも習得してある。

「願うは宙の王。虚ろの闇にて永久に微睡む者。その夢の淵より凍れる息吹を。我が歩みを阻む者に終焉を……」

カンカンカンカ──。

ぴたりと警報音が鳴りやみ、遮断機が上がる。

それを合図にして、金属人形たちは津波のように押し寄せてきた。

「ひ──」

零奈が悲鳴を漏らして、俺の背中に縋りつく。その体温を感じながら、俺は迫る金属人形の群れに告げた。

「術式コキュートス」

方向指定した右手の先から白い光が溢れ出る。

それは全てを凍てつかせる絶対零度の閃光。

こちらに向かってきていた金属人形たちは一瞬で固まり、分厚い氷の中に呑み込まれた。

　──気配感知。

　だがこれで終わりではない。

　背後の交差点から、両脇にある家の屋根の向こうから、新たな金属人形たちが姿を現す。

「ルガー！」

　それに気付いて叫ぶ零奈を胸元に抱き寄せ、俺は極寒の光を放ちながら腕を振るった。

　コキュートスの持続時間は五秒。その間であれば射線を変えることも可能だ。

　白き閃光が全方位を薙ぎ払う。

　スキルの効果が終了した時、俺たちの周囲は真っ白な氷の世界に変貌していた。

「すごい……」

　腕の中にいる零奈が呆気に取られた様子で呟く。

　空気中の水分が凍り付き、辺りにはキラキラとダイヤモンドダストが舞っていた。

　気配感知および敵意感知スキルに反応なし。

「周りに人がいないから遠慮なく魔法を使ったが……問題なかったか？」

　やりすぎてしまったかもしれないと思いながら、俺は零奈に確認する。

「え、ええ……ここは位相がズレた空間だから、現実に影響はないわ。結界が解除されたら元に──」

　その言葉の途中でパンッと風船が弾けるような音が響き、辺りに喧噪が戻って来た。

周囲の人々が抱き合う俺たちに怪訝(けげん)な視線を向けつつ、通り過ぎていく。

辺りの氷は消え、空の色も元の青さを取り戻していた。

「確かに……問題なかったな」

俺は零奈から腕を離して言う。

「ルガーって……ホントに魔神なのね。わたし、やっと実感できたかも」

零奈は俺の服をぎゅっと握ったまま、震える声で呟いた。

そういえば俺が最初に戦った時、彼女は気絶していたのでスキルを使うところは見ていない。ゲーム中であれば派手なスキルも見慣れたものだが、現実で魔法が発動する様は、俺にとっても衝撃がある。

「――行くぞ。ぼさっとしていたら遅刻する」

けれど零奈の前で動揺を見せるのは抵抗があったので、何気ない風を装って彼女を促した。

「あ、うん」

我に返った零奈はようやく俺の服を離す。

「――ルガーがいてくれれば、もう安心ね」

並んで歩き出した俺に、零奈は緊張が解けた様子で笑いかけた。

その笑顔の眩しさにクラッと来たが、俺は何とか厳しい表情を保つ。

「安心するのはまだ早い。さっきのはたぶん斥候みたいなものだ。最初の人形が戻ってこなかったから、様子見でさらに大量の人形を送り込んできたんだろう」

目的は恐らく零奈が召喚した魔神――俺の力を見極めること。警戒すべきは〝次〟だ。

俺の力が魔神としてどの程度と思われたのか分からないため、相手の動きは予想できない。俺を警戒して手出しを躊躇うのか、それとも〝大したことがない〟と判断して一気に攻めてくるのか……。

「わ、分かってるわよ。でもこれなら何とか学校には着けそうでしょ？　わたしの青春その一が達成されようとしてるんだから、やっぱりテンションは上がるわ」

浮き立つ気持ちを抑えきれない様子で零奈は無意味にぴょんぴょんと飛び跳ねた。

大きな胸がたゆんたゆんと弾み、短いスカートの裾がふわりと捲れる。

「あ――」

一瞬だけ垣間見えた純白の下着に、思わず声を漏らす。

「ルガー？」

だが零奈は気付いていない様子で首を傾げた。

俺はぎこちなく視線を逸らし、ぶっきら棒に告げる。

「……油断するなよ」

色んな意味で。

折を見てスカートの短さを注意するべきだろうか。このままだと風が吹く度に俺の注意が散漫になり、護衛に支障がでてしまいそうだ。

「うん、もちろん！　最後までやり切ってこその〝青春〟だもん！」

こちらの気持ちなど知らず、零奈は笑顔で頷く。

——青春、か。

俺にとってはまさに今、この状況がそうなのかもしれない。

仮想世界の魔神でしかない俺だが、零奈に頼られるだけの強さはあってほしいと……心の内でそう願った。

第二章　終末のスクールライフ

Arch enemy school life

1

踏切を越えてしばらく歩くと、大通りに出る。

そこは俺が小学生だった頃の通学路でもあるので、かなり馴染みのある道だ。

しかし俺が知っていた頃の街並みとは、大きなズレがあった。

駄菓子屋は駐車場に変わり、近くにコンビニができている。その横にあるガソリンスタンドも昔はなかった気がした。

四月九日に家から出た際もこの道は通ったはずだが、その時はそうした変化に気付く余裕がなかったのだろう。

――まあ、五年も引き籠っていたら街も変わるよな。

周囲への警戒を続けながら、胸の内で苦い思いを嚙みしめる。

「ふっふふーん～」

零奈は明らかに上機嫌で浮かれていた。俺が金属人形を一掃したのを見て、危機感が薄れたのかもしれない。

油断するなと言ったのにと俺は溜息（ためいき）を吐くが、わざわざ注意まではしないでおく。

周りには同じ制服を着た生徒が増えてきて、俺は誰か知っている顔がいないか注意を払った。俺の同級生だった奴らの多くも、今日皆淵（みなふち）高校に入学するはずだ。

だが周囲にはピンとくる者はいない。

――いたらどうするんだって話だけどさ。

零奈に気付かれないように小さく苦笑した。

そこで零奈が足を止めて俺の袖を引っ張る。

「あっ！　ルガー、ここよ！」

危うく通り過ぎるところだった。

そこは古いビルとビルの間にある並木道。植えられているのはどれも桜の木で、咲き誇る薄紅色の花の向こうに、学校の校門と校舎が見えている。

桜並木に入る角には〝皆淵高校第七十一期入学式〟と書かれた看板が設置されていた。

保護者と一緒に来た生徒がその看板の前で写真を撮っているのを見ながら、俺たちは並木道に足を踏み入れる。

「……着いたな」

敵からのさらなる攻撃がなかったことにホッと息を吐いた。

もし俺が脅威にならないと判断されていたら敵の魔神は一気に仕留めにきたはずなので、これは自分の力がある程度は通用するレベルだと考えていいだろう。

「うんっ……わたし、ちゃんと学校に通えた……やっと一つ……普通のことができたわ」

微かに震える声で零奈は答えた。

横顔を見ると、彼女の目には涙の粒が輝いている。

「っ……」

──おいおい、何で俺まで泣きそうになってるんだよ。

目頭が熱くなっていることに気付いて、俺は奥歯を強く噛みしめた。

「ルガー、ありがとう。ホントに……ありがとね！」

俺の腕を掴んで何度も言う零奈。

くしゃくしゃになったその笑顔に俺は見蕩れ、同時に自分の内から湧き上がってくる感情の正体を悟る。

たぶん、俺は嬉しいんだ。

周りを見てもここまで感動している人間はいない。入学式というのは特別なイベントではあるが、普通に生きている奴らにとっては経験して当たり前のもの。

引き籠っていた時の俺は、自分がそんな〝当たり前〟すら持っていないことに強い負い目を感じていた。俺がどうやっても手に入れられないものが〝当たり前〟であることに絶望していた。

でも零奈はその〝当たり前〟にこんなにも価値を見出してくれている。それが嬉しくて……零奈の顔を見ていられない。

「じゃあ——帰ろっか」

だが校門を通り、一歩学校の敷地に入ったところで、零奈は足を止めた。

「は？」

信じられない想いで俺は彼女の顔を見る。

「これで十分。わたしの望みを叶えてくれて、心から感謝してるわ」

それを聞いて気付いた。零奈が望んだのは学校に行くことだけ。〝その後〟については何も言っていない。

「——待て」

俺は零奈の腕を摑んで引き留める。

「え？」

今度は零奈がきょとんとした表情を浮かべた。

「学校に通うっていうのは……そういうことじゃないはずだ」

絞り出すように俺が言うと、彼女は戸惑いを大きくする。

「ルガー……？」

「ここまで来たのなら、式ぐらい出ろ」

「で、でも、またいつ襲われるか分からないし……どうせこの先まともに通えないと思うし……」

弱気な台詞を言う零奈に、俺は強い口調で告げる。

「ふざけるな。俺はお前を学校に通わせると約束した。だからお前にはこれからずっと学校に通ってもらう。通学中も授業中も俺が——魔神ルガーが、契約に従ってお前を守る」

ようやく手にした一つめの〝青春〟をこんな簡単に手放すなんて俺が許さない。

「いいの……？」

信じられないという顔で零奈は問いかけてきた。

「それを訊ねるのは、俺の方だ。お前は……魔神との契約を破って〝いい〟と思ってるのか？」

零奈に〝学校へ行く〟ことを投げだしてほしくないのは阿久津恭也としての我がままだったが、俺は魔神ルガーを演じて告げる。

彼女はじっと俺の目を見つめた後、ぐっと唇を噛んで頷いた。

「………ううん、そんなこと……できない。ルガーは……怖い魔神だね」

そう言いながらも彼女は泣き笑いの表情を浮かべている。

俺は演技を見透かされた気がして頭を掻き、彼女の腕を引いて校舎の方へ歩き出した。

2

「俺は本当の生徒じゃないから、教室には入れない。近くで周囲を警戒しておく」

校舎に入ったところで俺は零奈に言う。

新入生はまず教室に集まってから、式が行われる講堂に移動する流れらしい。制服を着ていても部外者である俺は、そうした場所に行くことはできなかった。

「だ、大丈夫かな……」

心細そうな表情を見せる零奈に、俺は左手に嵌めていた指輪の一つを外して差し出す。

俺が指に嵌めているのは、全て貴重な装飾品カテゴリのアイテムだ。制服を着替える際に防具カテゴリの装備は脱ぐしかなかったが、指輪やネックレスなどはそのまま着けてある。

「これを持っておけ」

「わ、綺麗」

零奈は受け取った指輪をまじまじと見つめた。指輪に嵌まった青色の宝石の内側には、きらきらとした光が封じこめられている。

「共鳴の指輪というアイテムだ。対になるものを俺も持っている。この指輪を介せば俺がお前の周囲を確認したり、遠隔で魔法を発動することも可能だ」

俺は右手に嵌めた同じ形の指輪を示しながら説明した。

ただしこちらの宝石は赤色。ゲーム中では索敵や罠(わな)として用いることが多かったアイテムだ。それをまさか誰かを守るために使う日が来ようとは。

「ありがと……あ、でもわたしの指には大きすぎるかも。あとで紐(ひも)を通して首に掛けておくわ」

零奈はそう言って指輪を一旦制服のポケットに仕舞った。

「じゃあ、行ってくるね」

「ああ」

――頑張れよ。

胸の内でエールを送り、俺は真面目な表情で頷く。

零奈は小さく手を振って、階段を軽やかに駆け上がっていった。

共鳴の指輪の赤い宝石に触れて目を閉じ、アイテムの効果を発動させるためのキーワードを告げる。

「リンク・オン。モード・レシーブ」

受信限定(レシーブ)で指輪を起動。

すると、遠ざかっていく彼女の位置と周囲の光景が脳裏に浮かび上がる。

——アイテムの効果はきちんと発揮されてるな。

これならとっさの事態でも彼女を守れそうだと俺は安堵した。

けれど三階に着いた彼女が女子トイレの前で立ち止まったことに慌てる。

——ちょっ、おい！

男子である俺が踏み込んだことのない未知の領域に零奈は足を向けた。

鏡の前で前髪を気にしている女子たちの後ろを通り過ぎ、零奈は個室へと——。

「リンク・オフ！」

慌てて接続を断つ。

気付けば心臓が早鐘を打っていた。

——まあ、別に覗いてもバレはしないんだが……。

ただ、自分はそんなことをする変態ではないというプライドもあるし、トイレシーンを見てしまったら、罪悪感で零奈と目を合わせられなくなってしまうだろう。

「理由もないのに、プライベートを覗くのはダメだよな……」

零奈が俺の感知スキル圏内にいれば、常に指輪で監視する必要もない。

俺は溜息を吐き、校舎を出る。

とりあえず待機場所を探そう。

今はまだ登校時間だからいいが、始業のチャイムが鳴れば教室の外にいる生徒の姿はとても目立ってしまう。

「普通に隠れていられそうな場所はないな……」

校舎の裏手に回り込んでみたものの、そこは花壇とベンチが並ぶ中庭だった。とても身を隠せそうな場所はない。

こうなると思いつく候補は一つ。

「……屋上」

俺は上を見上げて呟く。

三階建ての校舎の屋上には低い柵があるだけ。それは基本的に屋上が立ち入り禁止になっている証だろう。俺が通っていた小学校も同じだった。

トントンとその場で軽く飛び跳ねてみて、体の調子を確認する。

魔神ルガーであれば、屋上の高さまで跳躍するのは簡単だ。ゲーム中では体長十メートルを超えるモンスターを相手にすることも多いため、レベルが上がるほど身体能力は強化される。

「届きそうだな」

いけそうだと判断した俺は、少し考えて中庭を挟んだ隣の校舎脇に移動した。こちらは特別教室が集まった棟なのか、生徒の気配はなく静まり返っている。

俺は中庭の木の陰に隠れ、誰も自分を見ていないことを確認してから一気に跳躍した。

ゲームの中にはなかった、内臓が浮き上がるような感覚。

眼前を校舎の壁が流れていったかと思うと、すぐに視界が開ける。

三百六十度に広がる青い空。遠くに見える緑の山並み。

ちょっと跳びすぎてしまったようで、学校の敷地が眼下に見渡せた。

校舎の屋上はどこも貯水槽と配管ばかりで、やはり生徒が普通に立ち入れる感じではない。

俺はバランスを取りつつ、屋上の縁に着地し、低い柵を軽く乗り越える。

振り返れば隣の校舎がよく見えた。教室は中庭に面しているので、窓際の席にいる生徒の様子も垣間見ることができる。

——視覚強化。

零奈のクラスは三階。彼女が見える範囲にいないかと視線を巡らせた。

すると三階の教室——窓側から二列目前方の席に彼女の姿を見つける。

「ここから直接見える場所で助かったな」

緊張した面持ちで座る零奈の姿を眺めつつ、俺は傍の配管の上に腰を下ろした。

柵があるので向こうからこちらは見えづらいはずだが、立っているとさすがに目立つ。

学校にいる間はここを拠点にしたいので、しばらく見つかりたくはなかった。

「……風が気持ちいいな」

零奈の様子を眺めながら、頬を撫でる春風を感じる。

外なのに誰にも見られない場所というのは、何だか新鮮だ。そしてやはり一人は落ち着く。

魔神ルガーを演じることで何とか零奈とコミュニケーションは取れているが、俺は五年間家族ともまともに話さなかった引き籠りなのだ。思った以上に精神的疲労が溜まっている。

キーンコーンカーンコーン。

やがて懐かしさと苦さを感じるチャイムの音が聞こえてきた。

教室に教師が入ってきたのか、窓際にいる零奈の顔が少し引き締まる。

「せいぜい頑張れ」

自然と言葉が零れた。

ガィン――。

だがその時、背後から響いてきた鈍い音に俺は驚いて振り向く。

「ったぁ……」

貯水槽のすぐ横に、一人の女子生徒が頭を押さえてうずくまっていた。状況から見て、近くの配管に頭をぶつけたようだが――。

――いつの間に……!?

信じられない想いで、俺は身構える。

ずっと敵意には注意を払っていたし、襲撃に備えて周囲の気配も確認した。なのに今の今まで彼女に気付けなかったのだ。

——敵の魔術師……もしくは魔神か？

向かいの校舎にいる零奈にも意識を向けつつ、貯水槽の傍にいる少女を警戒する。

彼女は頭を押さえたままよろよろと起き上がり、俺を鋭い眼差しで睨みつけた。

長い黒髪が風に靡き、必要以上に短いスカートの裾が翻りそうになっている。

気が強そうで少し不良っぽい雰囲気の女子生徒だ。

「あ、あんた……いったいどうやって屋上に入ってきたのよ！　ちゃんとこっちから鍵かけといたのに——」

そう言って彼女は出入り口の方へ視線を向ける。屋上へ出る扉は鎖と南京錠で施錠されていた。

確かにあれではここに入ることはできないだろう。戸惑いを大きくする彼女を見て、少なくとも奇襲を仕掛けてきたわけではなさそうだと判断する。

「……壁を登った」

気配を察知できなかった理由は分からないが、とりあえず一般人だと想定した返答を行った。屋上までジャンプしたと言うよりは現実的な答えだろう。

「は？　冗談言わないで」

しかし彼女はとても信じられないという様子で眉を寄せる。

「じゃあ聞くが、他に方法はあるか？」

喧嘩腰(けんかごし)な彼女の態度に、こちらの口調も荒くなった。苦手なタイプであるがゆえに、遠慮する気が起きない。

「それは……ない、けど」

「だったらそういうことだろ」

俺が突き放すように言うと、彼女はポカンとした表情を浮かべ——ぷっと吹き出す。

「あはは っ——マジ？　ホントに壁よじ登ってきたの？　何それ、バカだし！」

「…………」

むっとする気持ちを抑えて、俺は沈黙した。

すると彼女は急に笑顔を引っ込めて、こちらの様子を窺(うかが)ってくる。

「まさか……あたし目当てだったり？　寝顔とか勝手に撮ってたらタダじゃおかないけど」

「——ここで寝てたのか？　俺は声を掛けられるまでお前がいたことに気付かなかったよ」

もしかして睡眠中の相手は気配感知スキルで把握できないのだろうか。

そんな分析をしながら俺は言い返した。

「貯水槽の裏で昼寝するのがあたしの日課なの」

「今は朝だが」

「――うるさいわね。細かいこと気にしないでよ」

当然の指摘をすると、逆ギレした彼女に睨まれてしまう。

「さっき、チャイム鳴ったぞ」

「だから？」

「授業に出なくていいのか？」

早く彼女をここから追い払いたくて、既に始業のチャイムが鳴ったことを伝える。しかし彼女はバカにしたような表情で肩を竦めた。

「あたし、二年だし。今日は新入生の入学式でしょ？　始業式は明日で、仕事があるのは在校生代表で挨拶する生徒会長だけ。あたしみたいな雑用係は、サボってても問題なし」

「……雑用係？」

「そ。あたしは生徒会庶務兼、天文部の部長、水瀬。まあ天文部はもう形だけの部活だけど――天体観測の名目で屋上に入れるのはあたしの特権よ。分かったらとっとと出てって。鍵は開けてあげるから」

スカートのポケットから屋上の鍵らしきものを出して、彼女――水瀬は言う。

追い払おうとしたら逆に出て行けと言われてしまった。明らかにこちらが劣勢ではあるが、彼女も〝サボっている〟のなら教師に報告したりはしないだろう。

そう判断した俺は、彼女を放置することにする。

「断る」

短く答え、配管の上に座り直した。

零奈の教室を見ると、既に彼女の姿はない。

「リンク・オン。モード・レシーブ」

共鳴の指輪に触れて、受信限定で起動。目を閉じると、他の生徒と共に廊下を歩く彼女の姿が脳裏に浮かび上がる。

こちらから零奈の様子は把握できるが、俺の声などはあちらに伝わらない状態だ。

――講堂へ移動中か。校舎のすぐ横だし、ここで警護を続けて問題ないな。

俺はそう判断し、学校の敷地に侵入してくる怪しい気配がないか意識を研ぎ澄ました。

「ちょ、ちょっと！　断るって何様のつもりよ⁉」

水瀬は困惑した声で問いかけてくる。

「…………」

答えず無視していると、彼女は責めるような口調で言葉を続けた。

「あんた、新入生じゃないの？　入学式をサボるとかありえないし」

「お互い様だ」

横目で水瀬を見返すと、彼女は言葉に詰まる。

「ぐ……………あーもう、分かった分かった。好きにして。その代わり、こっち側には絶対入らないで。ここはあたしのガチ聖域なんだからね！」

階段室の向こう——貯水槽のある辺りに身ぶりで線を引き、水瀬は強い口調で告げた。

「分かった」

俺が頷くと、水瀬は渋々といった様子で貯水槽の裏に引っ込む。

屋上に静けさが戻ると、講堂からざわめきが漏れ聞こえてきた。

生徒や保護者を誘導している教師のマイク音が反響して耳に届く。もうすぐ式が始まりそうだ。

指輪を通して零奈の様子を見ると、他の生徒と並んで長椅子に腰かけている。まだ式は始まっていないようだが、両隣の子と話をする様子はない。

「ったく……早く話しかけないとグループが出来上がっちまうぞ」

分かってないなと俺は嘆息した。

小学校の入学式ではそんな意識はなかったが、クラス替えのたびに人間関係は最初が肝心なのだと俺は思い知った。

そこで上手くやれなかったからこそ、五年生時の〝敗北〟があったと言っていい。

自分ができないことを他人にやれというのは酷かもしれないが、見ているとハラハラしてしまう。

「ああ……ほら、右のやつ零奈のことを気にしてるだろ。思い切って声を掛けろって」

　拳を握って呟くが、零奈は気付いていないのか動かない。

　指輪のモードを切り替えれば俺の声を届かせることもできる。しかし指輪からいきなり声が聞こえてきたら、周りは何事かと思ってしまうだろう。

　だから俺はここでやきもきするしかない。

「ほら右だ！　早く気付け！　真面目にしてる場合か！」

　つい身振りも交えて声を上げる。

「あ、おい、今後ろのやつがお前の噂してたの聞いたよな？　それをきっかけにするんだよ……！」

　どうしても黙ってはいられない。何だかテレビドラマの主人公を応援しているような気分だ。

　するとそこに苛立ったような声が聞こえてきた。

「電話でもしてんの？　気になって仕方ないんだけど！」

　振り返れば水瀬が貯水槽の陰から出てきて、こちらを睨みつけている。

　これはわりと恥ずかしい。

「………」

　俺は彼女に見えない方の手を耳に当て、電話している風を装う。

そして今は会話中だから答えられないという様子を繕い、身振りで〝悪い〟と謝った。

「あたしが先住民なんだから、ちょっとは遠慮してよね」

水瀬が胸を張ってそう告げた時、一際強い風が吹く。

ぶわりと勢いよく彼女のスカートがめくれ上がり、薄い水色の下着が露わになった。

「ごはっ⁉」

不意打ちの〝刺激〟に俺は大きく仰け反る。

パンチラどころではない。視力を強化していた俺の目には、水瀬が穿(は)いている下着の細かな刺繍(ししゅう)やしわまではっきりと映り、その映像が脳に焼き付く。

「ひゃわっ⁉」

水瀬は裏返った声を上げ、慌ててスカートを手で押さえた。

風が止み、気まずい空気が屋上に流れる。

ゆっくりと顔を上げた水瀬は、真っ赤な顔で俺を睨んだ。

「……見たでしょ？」

「………目に入っただけだ」

誤魔化すのは無理だと判断し、なるべく平静を装って答える。

「うぅ～……ヘンタイっ‼」

涙目で悪態を吐き、水瀬は逃げるように貯水槽の裏に引っ込んだ。

──零奈は白で水瀬は水色に刺繍か……女子のパンツには色んなタイプがあるんだな。

顔が火照っているのを感じながら、ぼうっとそんなことを考える。

「って、今はそんな場合じゃないだろ」

我に返った俺は頭の中を占領している水色のパンツを、首を振って何とか追い払う。

ちらりと貯水槽の方を窺い、溜息を吐く。

独り言を喚き散らしている変人だと思われることは避けられたが、変態だと言われてしまった。

不可抗力ではあるものの、大声で叫んでしまった俺も悪い。

──何であんなに熱くなってたんだ?

さすがに感情移入し過ぎだろうと、俺は頭を掻く。

そこからは黙って零奈を観察しつつ、敵の気配に注意を払う。

やがて式が始まり、校長や在校生の代表が挨拶を述べていく。生徒会長はショートカットの女子生徒で、やけに胸が大きかった。

挨拶の内容は要約すると〝勉学に励み、部活動でも結果を残し、有意義な学校生活を送るように〟というもので、正直聞いていても退屈だ。

しかし零奈は誰よりも真剣な表情で話を聞き、しきりに頷いていた。

そして一時間ほどで式が終わり、講堂から次々と生徒が出てくる。

一旦教室に戻って配布物を受け取り、今日は下校となるらしい。

——そしたら零奈を迎えに行くか。

「リンク・オフ」

そう考えて、一旦共鳴の指輪の効果を解除した時、列から離れて俺のいる校舎に向かってくる生徒の一団に気付いた。

彼らは人目を避けるようにして校舎裏に回り込む。

「嫌な感じだな……」

死角に入ってしまったので、俺は校舎裏を見下ろせる位置に移動した。

そこで見たのは一人の小柄な女子を、十名ほどの男女が取り囲んでいる光景。

苦い思い出が蘇る。俺はかつて、あの囲まれている女子と同じ立場にいた——。

——聴覚強化。

何を話しているのかと、俺は聞き耳を立てる。

「——羽井戸って、あの羽井戸だよな？」

「どういうつもりで戻ってきたの……？」

「お母さんたちが噂してたのってホントだったのね」

「兄貴から聞いたことあるぜ。マスコミの数がやばかったってよ」

「おい、お前……わざわざこの街の学校に入って何するつもりだよ？」

いまいち話は見えないが、囲まれた女子が詰問されているようだ。

「…………」

小柄な少女は何も言わず、顔を伏せている。

言い返したくてもその隙がないのだろう。俺にはよく分かる。数の差は言葉さえも圧し潰すのだ。そして多数派の中で勝手に〝結論〟は作り上げられる。

──どうするか。

俺の役目は零奈の護衛だ。他の奴の事情に関わる理由はない。だが──。

「何か言えよ！　黙ってたら分からねえだろ！」

男子の一人が苛立った様子で校舎の壁を蹴りつけた。

びくりと体を竦める少女。

──助ける理由はない。けど、通り魔に襲われていた女の子を庇った時も、重傷の零奈を癒した時も、明確な理由などなかった。

周辺の気配を探り、零奈に迫る危険がないのを確認してから、俺は柵を乗り越える。

「ちょっ──あんた……！」

後ろから水瀬の焦った声が聞こえてきた。ただその時にはもう、俺の体は空中にある。

ルガーの体になっているせいか、恐怖はなかった。屋上まで跳躍できたのだから、着地も問題ないだろうと頭の片隅で冷静に考えている。

――ズンッ！

両脚に重い衝撃。足裏が地面にめり込む感触。

少女を取り囲んでいた生徒たちが驚いた様子で一斉にこちらを振り向いた。

「なっ……何だ、お前――」

一番近くにいた男子生徒が上擦った声で問いかけてくる。

「さあ、何だろうな」

生憎、その質問に対する返答は持ちあわせていなかった。

阿久津恭也はたぶん死んでいる。魔神ルガーも仮想世界ティルナノーグと共に消滅した。

魔神として召喚された今の俺が、どういった存在なのか自分でもよく分からない。

「ふ、ふざけてんのか？」

「それはこっちの台詞だ。お前らこそ、ふざけたことをしてるように見えるんだが」

一人の少女を集団で囲む彼らを俺は鋭く見据える。

先ほど大量の金属人形を相手にしたせいか、普通の人間相手に脅威は感じない。こんな状況でも学校の周囲に気を配る余裕もあった。

「俺らは……こいつが本当に〝あの羽井戸〟なのか確かめようとしてんだよ」

男子生徒が答えると他の者たちも次々と声を上げる。

「あんたも知ってるでしょ？　こいつが〝あの羽井戸〟なら大事件よ！」

「犯罪者の味方をするつもり？」

──羽井戸？　犯罪者？

俺はちらりと囲まれている少女の方を向く。

彼女は俯きながらも、長い前髪の間からこちらを見ていたが、目が合うと怯えた様子で視線を逸らした。

弱々しく臆病な──子ウサギみたいな印象の女子だ。

とても何か犯罪をしたようには見えないが、何か事情があるのも確からしい。しかしそんなことは……。

「──どうでもいい」

俺は強い口調で吐き捨てる。

「は？」

呆然とする生徒たちを、俺は苛立ちを込めて睨みつけた。

「俺は、お前らが今やっていることにムカついている。事情なんてどうでもいい」

そう言いながら俺は足元に落ちていた大きめの石を拾い上げる。

そしてその石を強く握りしめ、警告した。

「もう二度と、俺の前でこんな真似はするな。もしまた見かけた時は──」

ビシリと石に亀裂が走る。

　ぐっと力を込めると握りしめた石は粉々に砕け散り、破片が生徒たちの頬を叩いた。

「――蹴散らしてやる」

　とっておきの禍々しい魔神スマイルで告げる。

「ひっ……」

「ちょっ……何かこいつ、やべえって……！」

　年季の入った俺の〝魔神っぷり〟に気圧され、彼らは一斉に逃げ出した。

　その様子はあまりにも滑稽で、昂っていた気持ちは急速に冷めていく。

　校舎裏に取り残されたのは、俺と犯罪者と呼ばれた少女だけ。

　あと屋上から水瀬がこちらを見下ろしていることにも気付きつつ、俺は背を向けた。

　俺は不快なものを視界から消したかっただけで、この少女個人に対して特に思い入れはない。

「あ、あの……！」

　だが立ち去ろうとした俺に、少女が声を掛けてくる。

　足を止めて、顔だけで振り返ると――彼女は俺に深々と頭を下げた。

「ありがとう……ございます」

「ああ」

　とりあえず頷くが、感謝されるためにやったわけではないので、少し罪悪感を覚える。

「えとえと……あのその……わ、わたし、助けてもらって本当に嬉しくて……あ、あの、だから――」

わたわたしながら少女は俺に近づいて来ようとした。だがそこで足元にあった大きめの石につま先が引っかかる。

「はわっ⁉」

どさっと前のめりに転ぶ少女。

その拍子にスカートが捲れ上がり、ピンク色の下着が目に飛び込んできた。

「んなっ――だ、大丈夫か？」

何で今日はこんなにパンツを見てしまうのかと思いながら、俺は少女に声を掛ける。

助け起こすべきなのだろうが、ピンクのパンツが刺激的過ぎて、近づくのを躊躇ってしまう。

「うぅ……またやっちゃいました。あ、あの、平気です。わたしドジで……よく転んじゃうんですよ」

少女は恥ずかしそうに頬を染めながら、体を起こす。だがそこでスカートが捲れ上がっていることに気付き、顔を沸騰させた。

「きゃあっ――す、すす、すみませんっ⁉」

慌ててスカートを直した彼女は立ち上がり、体を小さくする。

「お、お見苦しいものを見せてしまいました……わ、忘れてください……」

赤い顔を伏せ、彼女は蚊の鳴くような声で訴えた。

「――努力する」

とりあえず頷くが、ピンク色の下着はしっかりと俺の記憶に残ってしまっている。忘れるのは正直無理だろう。

校舎裏に気まずい沈黙が落ちた。

このまま立ち去ろうかと俺は体の向きを変えようとする。

すると俺の動きに気付いた少女は、ハッとした様子で顔を上げ、絞り出すように叫んだ。

「わ、わたし……！　わたしは、羽井戸夕陽といいます！　その……あ、あなたは……？」

名前を問いかけられ、俺は少し言葉に詰まった。

ルガーという名はさすがに違和感があるだろう。なら――。

「――阿久津恭也」

どうせこの先関わることはないだろうと本名を告げる。

「え……？」

だが少女――羽井戸夕陽は息を呑んで目を見開いた。

……あ、ヤバいか？

俺の方は彼女に見覚えがないが、彼女の方は阿久津恭也の名前を知っている様子だ。あの事件はニュースになっただろうし、テレビで見たのかもしれない。

「冗談だ」

これで誤魔化せるかは分からなかったが、そう言って足早に校舎裏から歩き去る。

「あっ――」

引き留めるような声が聞こえてきたが、校舎の角を曲がったところで駆け出し、彼女を撒く。

そこから俺は零奈の下校時間まで教師の目をかいくぐりながら身を隠し続けたのだった。

3

「あー……緊張したぁ」

校門を抜けたところで零奈は大きく伸びをする。

「――あんな一目散に教室を出てきてよかったのか?」

俺は隣を歩く零奈の横顔を見ながら問いかけた。

指輪で様子を見ていたのだが、彼女はホームルームが終わってすぐに教室を飛び出してきたのだ。

そのため周囲にはまだ他の生徒の姿はない。おかげで先ほど校舎裏で羽井戸に絡んだ生徒たちとは顔を合わせずに済んだが、零奈の学校生活が心配になってしまう。

「え？　何かまずかった？」

きょとんと首を傾げる零奈。

「いや、もう少しクラスメイトと話してもよかったんじゃないか？　今日みたいな態度だと友人は増えないと思うが」

彼女を観察していてずっと思っていたことをやんわりと伝えてみる。

「そ、そうなの？　わたし、ちゃんとしなきゃって――すっごく真面目にしていたつもりだったんだけど……」

「真面目にしていれば嫌われないかもしれないが、特別に好かれることもない。楽しい〝青春〟を送りたいならもっと肩の力を抜け」

そうアドバイスすると、零奈はまじまじと俺の顔を見つめてきた。

「ルガーって意外と人生経験豊富？」

「……魔神がまともな人生を送っているわけがないだろう」

苦々しい想いを噛みしめて首を横に振る。

まともな人生経験は小学五年生までだ。ただ……一人で引き籠っている間、何が間違っていたのかと自分の行動を何度も思い返した。そこで俺は重ねてきた失敗のいくつかに気付けたが——まだたぶん自覚できていないものもある。

「あ——ごめん。ルガー……怒った？」

俺の反応を見て零奈は不安そうに問いかけてきた。

「別に」

「うそ、ぜったい怒ってる！」

「怒ってない」

やれやれと溜息を吐く。

だがそこで俺は異質な〝気配〟を捉えた。

「っ——」

素早く零奈の前に出て足を止める。

「わぷっ⁉　る、ルガー、どうしたの？」

俺の背中に顔をぶつけた零奈が訊ねてくるが、答える余裕はない。

〝それ〟は大通り沿いにある真新しいテナントビルの前に立っていた。ビルには大きな街頭ビジョンが設置されており、俺の知らないアーティストのミュージックビデオ(MV)を流している。

その映像を〝それ〟はじっと見つめ、流れている歌を口ずさんでいた。

外見は十歳前後の幼い女の子。髪は薄い金色で肌は陶器のように白い。修道服のような白いローブを纏(まと)う姿は神秘的だが、額に貼られた安っぽい大きめの絆創膏(ばんそうこう)がわりと全体の空気感を台無しにしている。

ただ俺の感じた異質さは、彼女の出で立ちとは関係ない。

——何であんな小さな体なのに、こんなにも気配が大きいんだ？

視覚情報と釣り合わない気配の大きさに俺は戸惑う。

目の前にいるのは小柄な少女。しかし気配感知スキルで捉えると、数メートルはある巨大な獣がいるように錯覚してしまいそうになる。

今のところ敵意は感じないが、普通の人間とは思えない。

「——お前たち、この歌い手を知っているか？」

少女がそう呟き、視線をこちらに向けた。途端に凄まじいプレッシャーが押し寄せてくる。巨大な獣どころではない。この少女は人間など簡単に踏みつぶしてしまえるほどの〝怪物〟だと確信した。

そこでようやく零奈も異変に気付いたらしく、息を呑む気配が伝わってくる。

「……!?　な、何このとんでもない魔力!?　まさか——」

零奈は俺の背中からそっと顔を出し、硬直した。

そんな俺たちの反応に構わず、少女は言葉を続ける。

「知らぬなら教えてやろう。彼女たちは今をときめくガールズバンド、GUN-BRE(ガンブレ)

LLAだ。一度ライブを目にしたが、素晴らしい歌と調べであった。ぜひダウンロードしてみることをお勧めする」

「……お、おう」

俺が固い口調で相槌（あいづち）を打つと、零奈が震える声で少女に問いかけた。

「あなた――普通の人間じゃないわよね。その魔力……まさか……魔神、なの？」

すると少女は平然と頷く。

「うむ。余はアムドゥスキアス。お前たちに刺客を差し向けた魔神だ」

「る、ルガー！」

顔を蒼白（そうはく）にした零奈は、何とかしてというように俺の背中をバンバン叩いた。

「――落ち着け。今のところ敵意はない」

俺は零奈の頭に手を置いて宥（なだ）める。

すると少女――魔神アムドゥスキアスは目を細めた。

「ふむ、そのようなことが分かるのか。確かに余はお前たちに敵意は抱いていないが――何も〝できない〟わけではないぞ？」

「――⁉」

肌を刺すような感覚――これは危機感知スキルによる警告だ。

俺たちの真横にあった街路樹が風もないのにざわめく。その枝が不自然にこちらへ伸びてくるのを見て、俺は即座に反応した。

腕を街路樹に向け、広げた指の幅で距離を指定。

「術式(コード)、アビス」

ブォンと黒い球体が出現し、枝の根本を抉(えぐ)り取る。

支えを失った枝はそのままアスファルトの上に落下した。

カラン――！

硬質な音が小さく響く。

見れば落下した枝は、鋭い銀色の刃に姿を変えていた。

今朝、俺たちを襲った金属人形の腕と同じものに見える。もし気付くのが少しでも遅れていたら、傍にいた零奈は首を掻き切られていたかもしれない。

「ほお、さすがだ。それでこそ、余が自ら出向いた意味がある」

感心した様子で呟くアムドゥスキアス。

それを聞いた俺は、考察は後回しにして彼女へ腕を向けた。

「どういうつもりか知らないが――これ以上、妙な真似はするな。今見た通り、俺はお前の頭を一瞬で抉り取れる」

低い声で警告する。

問答無用で反撃しなかったのは、未だに眼前の少女――魔神アムドゥスキアスから敵意を感じなかったからだ。加えて幼い少女の外見が、攻撃を躊躇わせた。

それに周囲には多くの通行人がいる。枝が金属になって落ちたことに気付いた者はいないようだが、少女の頭が消し飛べば大騒ぎになってしまうだろう。これから始まる零奈の学園生活のためにも、なるべく彼女を事件に巻きこみたくはない。

「零奈、近くでこいつの主人が魔術を使ったのかもしれない。注意しろ」

俺は後ろにいる零奈にも声を掛ける。

「う、うん。でも魔術の気配はなかったけど……」

零奈は硬い声で答えた。

するとアムドゥスキアスは笑みを浮かべて言う。

「余の主は近くにはおらぬ。今のは余の力――植物を御し、〝金管の配下〟とする権能だ」

やはり街路樹の枝が変貌したのは、金属人形の一部だったらしい。

「……わざわざ自分の能力を説明して、何が目的だ」

俺は警戒を緩めず、アムドゥスキアスを詰問する。

「ふふ、まあ余なりの誠意というやつだ」

「誠意?」

どういうことかと俺が眉を寄せると、アムドゥスキアスはこちらを真っ直ぐに見つめて告げる。

「余はお前たちと話をするために来た。身構える必要はない。もう〝見極め〟は済んだ。余のことは気安く〝アムドちゃん〟と呼ぶがいい。主もそう呼んでいる」

鷹揚（おうよう）に頷いて彼女は言う。

——いや、アムドちゃんって。

胸の中で俺はツッコむが、零奈がそこで口を開いた。

「えっと、アムドちゃんは——」

「ホントにそう呼ぶのかよ」

「え？　ダメ？」

不思議そうに目をぱちくりする零奈。

「まあ……好きにしたらいいと思うが」

俺が溜息を吐いて言うと、アムドゥスキアスは真顔で首肯する。

「そうだ。余がよいと言っているのだから構わん」

「あ、ありがとう。で——アムドちゃんは話し合いをしたいってことでいいの？　何でいきなり……わたしを殺そうとしてたんじゃ——」

魔神の外見が幼い女の子であるためか、零奈はわりと遠慮なく疑問をぶつける。するとアムドゥスキアスは俺に視線を向けた。

「お前がそこの魔神を召喚したことで事情が変わった。主はお前たちと停戦協定——もしくは同盟を結びたいと言っている。まあ先ほどの〝悪戯(いたずら)〟に気付かぬ程度であれば、余の独断で処分していたがな」

含みのある笑みを浮かべるアムドゥスキアス。

その表情を見て悟る。やはり下手をすれば零奈は殺されていたのだと。

アムドゥスキアスにとってあれは〝悪戯〟であり、こちらに手の内を明かす〝誠意〟だったので、敵意が感じ取れなかったのだろう。だが逆に言えば、敵意が見えない今も危険だということになる。

最大限、警戒しなければ。

「ほ、ホント⁉　戦わなくていいならわたしは嬉しいけど」

しかし俺の気持ちも知らず、零奈はすぐさま提案に飛びつこうとした。

このまま乗せられては危険だと、俺はすぐに彼女を制止する。

「待て。こういう場合、それなりの理由があるはずだ。それも相当厄介なやつがな」

アムドゥスキアスは俺の言葉を聞いて皮肉げな笑みを浮かべた。

「否定はせん。そうした事情も含めて話がしたいのだ。お前たち、昼食はまだか？」

「う、うん」

零奈が頷くと、アムドゥスキアスは通りの向かいにあるファミリーレストランを指差す。

「ならばあそこで食事をしながら会談を行おう。奢(おご)るので遠慮はするな。主からお小遣いを貰っている。余はファミレスのチーズハンバーグがとても好みだ」

　そう言ってアムドゥスキアスは横断歩道に向かった。

「えっ⁉　ファミレス⁉　わたし、ファミレスって行ったことなかったの！　ほら、ルガー！　急ぐわよ！」

　そして予想外にテンションを上げた零奈が俺の腕を引っ張って、アムドゥスキアスを追いかける。

　――そういえば俺もファミレスなんてほとんど行ったことなかったな。

　引き摺られるように歩きながらアムドゥスキアスを追う。

　するとそこで大型のトラックがすぐ横の車道を猛スピードで走り抜けていった。

　信号が黄色になっていたので急いだのだろう。

　そしてその結果、猛烈な風が時間差で吹きつけてくる。

　――これはまさか……！

　俺はその時点で予感を抱いていた。何故なら俺は今日、異様なほどにこうしたハプニングと縁があったから。

「きゃあっ⁉」

　その予感は的中し、零奈のスカートが捲れて白い下着が丸見えになった。

「んあっ⁉」

さらにアムドゥスキアスが着ていた丈の長いローブの裾もめくれ上がり、彼女の下着も露わになる。

「っ……⁉」

頭の奥を直接殴られたかのような強烈な視覚的刺激。

俺は鼻を手で押さえ、春の青空を仰ぐ。

これはいわゆるラッキースケベというものだろうか。

ん……待てよ、〝ラッキー〟？

一つ思い当たったことがあり、俺は指に嵌めたリングの一つを見る。

俺は確率によるバッドステータスを防御するため、この〝妖精の指輪〟で幸運値をブーストしている。まさかその影響が――。

連続する幸運の原因について考察していると、零奈とアムドゥスキアスがこちらを振り向く気配がした。

「ルガー……見た？」

「余の痴態を……目にしたか？」

二人の問いかけに、俺は空々しく答える。

「――何かあったか？」

彼女たちは何か言いたげに俺を見ていたが、追及しても恥ずかしいだけだと判断したのか「別に……」と答え、視線を逸らす。

しかし俺の脳内には、零奈の白い下着と——馬のキャラクターがプリントされたアムドゥスキアスのパンツがくっきりと刻まれていたのだった。


「余はチーズハンバーグとライス、スープセットにドリンクバーを付けるが、お前たちはどうする？」

机に置かれた注文用の端末を慣れた手つきで操作し、アムドゥスキアスは俺たちに問いかけてくる。

ちょうどお昼時なので店内は混んでいた。新入生らしき生徒と保護者の組み合わせも目につく。俺たちが案内されたのは奥のボックス席だったので、店内の様子が見渡せた。

「……同じものでいい」

面倒なので俺がそう返すと、零奈も頷く。

「わたしも一緒でいいわ。あ、でも食後にパフェも食べたいなぁ」

「ならばパフェはあとで注文しよう。余も食後のデザートは楽しみだ」

アムドゥスキアスはそう言って注文を送信すると、仕切り直すように咳払い（せきばら）いをした。

「こほん、では料理が来るまでにこちらの事情を説明しておこう」

「あ、ちょっと待って——その前に、あなたの主はここへ来ないの？」

話を始めようとした彼女に、零奈は疑問をぶつける。

「ああ……余の主は今、敵から身を潜めていて動くことができん。会談を持ちかけておいて失礼かとは思うが、そこは容赦せよ」

俺はその言葉に眉を寄せた。

「おい、アムドゥスキアス——」

「余は〝アムドちゃん〟と呼ぶことを許したはずだが？　お前は余と仲良くする気がないのか？」

そう遮られて、俺は仕方なく言い直す。

「……ちゃん付けは抵抗がある。アムド、でどうだ？」

「うむ、まあいいだろう」

「じゃあアムド——主人が姿を見せないことについて言いたいことはあるが……それよりも今、敵と言ったな？　それは俺たち以外のことを言っているのか？」

「あっ——」

零奈もハッとした表情を浮かべ、アムドの答えを待つ。

「その通り。この街にはもう一組、魔術師と魔神がいる。しかもその魔神はとても強大でな。早い話、そやつを倒すために手を組もうということだ」

アムドは簡潔に俺たちとの話し合いを求めた理由を語った。

「う、うそ⁉　ホントに⁉」

それを聞き、零奈は驚愕の声を上げる。

その姿を眺めながら、アムドは呆れた表情を浮かべた。

「白亜零奈。この〝基点〟を管理する魔術師ならば、その程度のことはすぐに分かるはずなのだがな」

「う……そ、そんなこと言われても……」

言葉に詰まり、落ち込む零奈。

俺はそんな彼女に説明を求める。

「零奈、基点とは何だ？」

「今の世界を安定させる〝楔〟が打たれた特別な土地のことよ。地下には巨大な六芒星が刻まれているの。数は――えっと、第一圏スロース、第二圏ラスト、第三圏グラトニー、第四圏グリード、第五圏ラース、第六圏エンヴィー、第七圏プライドの七ヵ所だったはず。この皆淵市は第七圏プライドにあたるわ」

零奈が指でカウントしながら答えると、アムドが情報を補足した。

「魔神召喚は、基点でしか行えん。各基点で召喚できる魔神は最大で六柱。まずはその中で勝者を決し、次に他の基点を制した者たちと争うというのが〝終末〟の流れだ。まあ……大抵の場合、その基点を代々守護する一族が圧倒的に有利なのだが――」

アムドにジト目を向けられた零奈は、気まずそうに頬を掻く。

「白亜家は基点を守る特別な魔術師――第七圏の管理者（エリアマスター）なの。家は最初から召喚ポイントの上にあるし、管理者は基点から膨大な魔力を引き出したり、他の魔術師や魔神の位置を探知できたりするんだけど……」

零奈は途中で言い淀（よど）んだ。

「……つまり、零奈はそれができないんだな」

俺が言葉の続きを引き取ると、零奈は顔を赤くする。

「うー……わたしはどうせお婆様に厳しく育てられても芽が出なかった落ちこぼれよ！　初めてちゃんと成功した魔術が〝魔神召喚（サモン・アークエネミー）〟だったんだから」

――実はそれも失敗みたいなものなんだけどな。

そう内心で思いつつ、俺は嘆息した。

するとアムドもやれやれと肩を竦める。

「管理者の白亜家がそんな有様だったので、まずは白亜零奈を排除し、余らが第七圏の管理者権限を手に入れようとしていたのだ。ここへ集う魔術師ならば誰でもそうする」

「……零奈は一番狙われやすい立場だってことか」

零奈の祖母が必死だったのも何となく理解できた。狙われることが最初から分かっていたから、強い魔術師に育て上げようとしていたのだろう。

　零奈は俺の言葉に憂鬱な表情で頷く。

「そういうこと。管理者なんて立場、できれば誰かに譲りたいぐらいなんだけど……無理なのよね」

　そう呟く零奈を、アムドは冷徹に見つめる。

「土地と管理者は〝血〟で結びついている。他の者が新たな管理者となるには、現在の管理者一族を根絶やしにせねばならん。お前を見逃がすことはどうしてもできなかった」

「――分かってるわ。納得はできないけど、そういうものだって知ってる。あーあ……どうして才能もないのに魔術師の家系に生まれちゃったのかなー」

　机に突っ伏して零奈はぼやいた。

　けれどそこでアムドは首を横に振る。

「お前に才がないとはまだ言い切れん。何しろ土壇場でそこの魔神を召喚したのだから。配下を向かわせて様子を見たが、なかなかの力だ。しかし――」

　そう言って俺をじっと見つめてくるアムド。

　本物の魔神に認められたことで少しだけ自信が湧くが、こちらはまだアムドの実力を見ていない。植物を配下とする権能があるらしいが、それが彼女の能力の全てだと判断するのは早計だろう。

「お前、名は？」

アムドに問われた俺は、零奈に視線で確認する。

彼女は少し迷ったが、答えてもいいと頷いた。

「ルガー」

俺の名前を聞き、アムドは目を細める。

「知らぬ名だ。やはり人魔か」

「人魔？」

俺はどういう意味かと聞き返した。

「魔神召喚で呼び出せる魔神には二種類ある。一つは旧世界以前から存在する〝真魔〟。もう一つは現世界の人間が魔神の領域へと至った〝人魔〟。真魔たる余が知らぬということは、お前は後者だということだ」

アムドは魔神召喚と魔神の種類について説明する。

初耳の情報だったので、俺は「そうなのか？」と零奈に視線を向けた。

「う、うん……確かにお婆様からそんな風に教えられたけど——人魔の方が弱いとかじゃないよ！　召喚に失敗したわけじゃないからね！」

失敗じゃないということを零奈は強く主張する。

その言葉にアムドも同意した。

「人魔はあらゆる意味で未知数だ。天然物であるゆえ、番狂わせを引き起こす可能性がある」

——天然っていうか、むしろデジタルなんだが……。

ゲームの中の魔神は本当に天然物と言えるのかと思いつつ、俺は頬を掻く。

「要するに……俺の可能性に期待して声を掛けたということか？」

「——うむ。そういうことだ」

アムドは真面目な顔で頷いた。

「もう一人の魔神を倒した後はどうする？」

「余としては、可能な限り共闘関係を続けたい。この基点ではあと三柱の魔神が召喚される可能性があり、さらには他の基点を制した者共との戦いも控えているからな」

俺の質問に答えるアムド。

「ルガー……どうしよっか？」

さっき俺が待てと言ったからか、零奈は俺に意見を求めてくる。

——確かに戦わなくて済むのなら、一時的にでも協力関係を結んだ方がいい。だが……。

何かしっくりこない。零奈に聞いた話だと、これは次の創造主（ワールドマスター）とやらを決める戦いで、勝者は一人。そんな状況で共闘するのは互いにリスクが高すぎる。

——アムドはまだ、全てを語ってはいない。

そう判断し、俺は揺さぶりを掛けてみることにした。

「アムド、お前の話は分かった。だが共闘関係を結ぶのなら、条件は対等でなければならない。だから――ここにお前の主人を呼べ」

俺が強い口調で要求すると、アムドは顔を顰める。

「……先ほども言ったはずだ。余の主は、敵から身を潜めていて姿を現すことはできん」

「それはそちらの都合だ。俺たちには関係ない」

鋭く切り捨て、俺はアムドの瞳を見つめた。

「…………」

口を噤み、アムドは俺を無言で睨み返す。

「大量の人形を操れるお前が自ら姿を見せて、しかも能力も明かした時点で、共闘の話がある程度本気なことは分かる。だが本気なら、主人も顔を見せるべきだろう。何故それをしない？」

「っ――」

アムドが表情を硬くした。

その反応を見て、俺は畳みかける。

「お前はいったい、何を焦っている？　この街にいるもう一人の魔神がお前たちの手に負えないほど強かったのなら、一旦ここを離れて機を窺えばいいはずだ。俺たちと手を組んでまで、そいつを倒そうとする理由が分からない」

　俺が抱いている違和感をそのままぶつけると、アムドは諦めたように大きく息を吐いた。

「……時間がないのだ」

「時間？」

　やっと話す気になったかと思いながら、俺はアムドに問い返す。

「ここ最近、街では奇妙な事故や事件が連続している。現場には濃い魔力の残滓が漂っていて、それが強大な魔神の仕業であるとすぐに知れた……」

　ぽつぽつと語り出すアムド。

　俺はそうなのかと零奈の方を見た。

「えっと、わたし……魔神を召喚しようとしばらく地下室に籠ってたから……」

　分からないと零奈は頭を掻く。

　――そういえば彼女は通り魔のニュースも知らなかったと言っていたな。

　アムドはファミレスの天井を仰ぎ、深々と嘆息する。

「余と主は、その魔神を探っていたのだが……情報を集めている最中、ちょうど別行動していた時に、主は〝事故〟に巻きこまれて大きなダメージを負った」

「事故……」

　俺が視線で問いかけると、アムドは苦々しい表情で頷く。

「ああ、もちろんただの事故ではない。ガス漏れによる集団昏倒と報じられていたが、あれは魔神が放った魔力の侵食――分かりやすく言えば〝呪い〟によるものだ。主人はその呪いに蝕まれ、このままでは長くは持たない。もちろん魔神が引き起こした事件や事故で負傷した他の人間たちもそれは同じ。早急に呪いの元であるその魔神を滅ぼさねばならん」

焦りを隠さず、アムドは激しい口調で告げた。

「呪い、か。やっとお前が共闘を求めてきた理由に納得がいった」

最初からそう言えという思いを、俺は視線に込める。

「主が瀕死なため、余の力も衰えている。それを悟られたくなかったのだ。しかしこうなった以上、もはや隠すことはない。〝もう一人の魔神〟を倒すことは、余とお前たちにとって急務なのだ！」

強い口調でアムドは俺と零奈に訴えた。

「わたしたちにとっても……？」

零奈はきょとんと首を傾げる。

「うむ。このまま行けば街は〝もう一人の魔神〟の魔力に汚染され、人も物も区別なく腐り落ちるぞ？　しかも皆淵市は世界の楔たる〝基点〟。〝基点〟が破壊された世界はそこから崩壊を始め、次代の創造主が決まる前に終末が訪れるだろう。そうなれば何もかもがおしまいだ」

真剣な表情でアムドは語るが、内容があまりに想像を超えていたのですぐには理解できない。

「そんなに早く終末が……訪れる？　世界が終わっちゃう？」

零奈は信じられないという様子で呟く。

「そう——恐らく〝もう一人の魔神〟は暴走している。もしくは主がまともでない。創造主（ワールドマスター）へと至る崇高な儀式を阻む、余とお前たち共通の大敵だ」

重々しく答えるアムドを、俺は半眼で睨んだ。

「……今度は話を大きくして俺たちを乗せようとしてないか？　いくら何でもこの広い街を全部破壊するとか、無茶だと思うんだが」

俺も広域攻撃魔法は使えるが、街全てを破壊するほどのスキルはない。そんな核攻撃みたいなスキルがあればゲームバランスが吹っ飛ぶので当然なのだが——。

「余は何も誇張していない。魔神の中にはそれほど強大な〝王〟がいるのだ」

「王？」

「本来、七圏の管理者にしか召喚できない最高位の魔神のことだ。〝王〟を使役することで管理者は圧倒的優位に立つ——はずなのだが……」

そこでアムドは言葉を切り、零奈の方を見た。

「え、な、何？」

慌てる零奈を眺めながら、アムドは肩を落とす。

「白亜零奈に〝王〟を呼べるほどの力がなかったため、他の分不相応な者に横取りされ、制御できなくなってしまったに違いない。このような状況になった責任は、お前にもあるのだぞ？」

アムドに睨まれた零奈の頰を冷や汗が伝った。

「そ、そうなの？　ど、どうしよルガー！　あ——でもわたし、召喚できたのがルガーでよかったって思ってるからね！」

慌てて俺に意見を求めながらも、零奈は真剣な顔でフォローを入れる。

——そう言ってもらえるのは嬉しいが……。

俺はどうしたものかと考え、アムドに問いかけた。

「アムド、その〝王〟とやらはそんなにも強いのか？　正直どれぐらいの〝差〟があるのか摑みづらい」

するとアムドは少し考えてから口を開く。

「お前たちは〝あーるぴーじー〟というものをしたことがあるか？」

「…………」

ＲＰＧ。恐らくはロールプレイングゲームのことを言っているのだろう。

もちろん分かるが、今は魔神ルガーとして振る舞っているので答えに詰まる。だが零奈が代わりに応じてくれた。

「あ、分かるわよ！　実際にやったことはないけど、書庫にすっごく古い攻略本が何冊か残っててね。お婆様に隠れて時々読んでたの。勇者になって冒険したりするゲームでしょ？」

　アムドは零奈の問いに首を縦に振る。

「その通り。余も主に薦められて触れてみたが、なかなかに興味深い遊戯であった。ああしたものには、よく魔王よりも上位の存在が最後の敵として出てくるだろう？　余らと敵との〝格〟にもそれぐらいの差があると考えよ」

　そこでアムドは冗談っぽく笑ってこう告げた。

「余らが立ち向かうのは、大いなる魔神の王――すなわち〝大魔王〟というわけだ」


　話し合いは料理が運ばれてきたことで一旦中断した。

「はぐはぐ」

「ぱくぱく」

　アムドと零奈は一心不乱にチーズハンバーグを口に運んでおり、話ができる状態ではない。

「やはりチーズハンバーグは素晴らしい。余が以前に戦った時代では、このようなものは王侯貴族ですら口にできなかったであろう」

アムドはしきりに料理を褒め讃えつつ、恍惚とした表情を浮かべる。

「ファミレスの料理ってこんなに美味しかったのね。お婆様の家では和食ばかりだったからすっごく新鮮だわ！」

零奈もすごく嬉しそうにチーズハンバーグを食べていた。

——確かに美味いな。

温かい料理を食べるのは久々だ。

引き籠っていた時、扉の前に置かれていた料理はいつも冷めきっていた。

——というか魔神になっても腹は空くんだな。

ここまで意識しなかったが、料理を前にした時に自分が空腹だったことに気付いた。ゲーム中では空腹というステータスはなく、料理も回復アイテムとして消費するだけで味などは感じない。

だからルガーとして料理を食べるということは、召喚されてから初めて感じる〝人間らしさ〟だった。

そんなわけで俺たちは黙々と食事を続ける。

——それにしても〝大魔王〟か。

現実世界で聞くと滑稽さすら感じる単語だが、アムドの表現は分かりやすかった。

魔神の中には別格に強い〝王〟がいて、一人では勝算が薄い。さらにその魔神は今すぐに世界を滅ぼそうとしており、俺たちの共通の敵である。

アムドの主が〝呪い〟で死にかけているのが本当なら、彼女が焦っているのも当然だ。

共闘もありだろうという考えに、俺も傾いていた。

だがまだ色々と確認するべきことがある。たとえどんな状態だろうと、やはりアムドの主人には会っておきたい。

食べ終わったらそれを切り出そうとしていたのだが――。

……ドォン！

料理をあらかた食べたところで遠くから大きな音が響いてきた。振動で建物自体がビリビリと震え、グラスの水が波打つ。

「っ――」

わずかに危機感知スキルが反応し、俺はナイフとフォークを手放して周囲に視線を巡らせた。

しかし店内に異変はなく、怪しい気配や敵意も感じ取れない。

他の客も今の音を聞いてざわついている。

「何か……あったのかな？」

零奈も食事の手を止めて不安げに呟く。

「もぐもぐ……ふむ、またどこかで奴の魔力が放たれたようだな」

チーズハンバーグの最後の一片を頬張っていたアムドは、窓のある方に目を向けた。

そしておもむろに携帯端末を取り出し、慣れた手つきで操作する。

「何をしている？」

俺が問いかけると、アムドは当たり前のような顔で答えた。

「〝えすえぬえす〟で情報を集めている」

「……現代機器を使い熟してるな。魔術は使わないのか？」

遥か昔に存在した本物の魔神だというのに器用なものだと感心する。

「人魔であるお前には実感がないのかもしれぬが、魔神とはそれ自体が魔術のようなもの。膨大な魔力を特定の権能として発現させる出力装置だと考えよ」

「…………アムド、お前わざと分かりにくく言ってるだろ」

俺がそう指摘すると、彼女はにやりと笑って言い直す。

「要するに魔神は最初に備わっている権能しか使えぬということだ。現代の魔術を新たに習得することはできん」

「最初からそう言ってくれ」

溜息を吐いて俺は考える。

──魔神は何でもできるわけじゃないんだな。

しばらくするとアムドは携帯端末を仕舞い、険しい表情を俺たちに向けた。

「駅前で何か爆発が起こったようだ。危険ではあるが、奴の居所を探るためにも我は様子を見に行かねばならん。すまんが、今日の会談はこれでお開きにさせてもらう」

「あ、うん。じゃあわたしたちも駅前に──」

零奈は同行を申し出ようとしたが、アムドは鋭い声でそれを遮る。

「お前たちは近づくな。もしも奴の魔力に侵食されれば、余の主と同様に〝呪い〟で倒れることになる」

それを聞いた零奈は渋々頷いた。

「分かったわ……じゃあ、気を付けて。共闘についてはもうちょっとルガーと相談して考えたいけど、停戦は全然オッケーだから。これから仲良くしようね、アムドちゃん」

零奈はそう言って、アムドに笑いかけた。

その笑顔を見たアムドは少し不意を突かれたように瞬きをする。

「……停戦の受諾を感謝する。これがこちらの連絡先だ。登録しておけ。駅前の状況は後で伝える」

どこかバツが悪そうな表情でアムドは言い、こちらに紙切れを差し出してきた。

「わ、ありがとう！　わたしの端末、お婆様と病院の連絡先しか入ってなかったから、アムドちゃんで三件目よ！　何か嬉しい！」

喜ぶ零奈を呆れた表情で眺め、アムドは席を立つ。

「勘定は済ませておく。お前たちはゆっくりしていくといい」

そう言って少女の姿をした魔神はレジに向かおうとしたが、ふと動きを止めてこう言い残した。

「余と仲良くするつもりなら、GUN－BRELLAの曲はきちんと聞いておくことだ」

「うん、了解ー。ルガーと一緒に聞いておくね」

零奈は緩く答えて手を振る。

こうして〝本物の魔神〟との初邂逅は、何とか平和的に終了したのだった。

4

「──やっぱり皆、さっきの爆発のことを噂してるみたいね」

ファミレスを出た後、通りを歩きながら零奈が言う。多くの通行人が駅のある方向を見ながら囁き合っているのを横目で眺めながら、俺は口を開いた。

「気になるなら俺だけでも様子を見に行っても構わないが」

「うーん……アムドちゃんと約束したからそれはダメ。別行動もよくないわ。アムドちゃんの主人も別行動していた時にやられたって言ってたもの」

　少し迷いながらも零奈は首を横に振る。

「だから今日は素直に――ここへ寄ってから帰るわよ！」

　そう言って彼女が指差したのは、通り沿いにある大きなスーパーマーケットだった。

　この場所にスーパーがあったのは俺も記憶している。ただよく見ると店名が違う。引き籠っていた間に店の中身は変わってしまったようだ。

「買い出しか」

　確かに食料品など色々と必要だろうと俺は頷く。

「うん。お婆様はここの宅配サービスをずっと利用していたの。わたしも一人になってから同じように家の電話で注文してたんだけど……実際に中へ入るのは今日が初めて！」

　まるで遊園地に来たようなテンションで零奈は言い、俺の腕を引っ張った。

「宅配で済むなら別に寄らなくてもいいと思うんだが」

　俺が意見をすると、零奈は頬を膨らませる。

「直接お買い物をしてみたかったの！　システムが分からなくて怖かったけど、ルガーが一緒なら少しぐらい失敗しても恥ずかしくないわ。だからレッツゴー！」

　強引に零奈は俺をスーパーの中に連れ込んだ。

　――楽しそうだし、付き合うか。

俺は観念して零奈に従う。

零奈が入り口にある籠やカートに気付かず先へ進むのを見て、俺は彼女の腕を引く。

「おい、ある程度の量を買うのならこれを使え」

籠を指差すと、零奈はハッと周りの客を見回して頷いた。

「そうね！　さすがルガー、すごい観察眼！」

重ねられたプラスチックの買い物籠を手に取った彼女は、それを両手押しのカートへと乗せる。

——こんなことで褒められると心苦しいな。

零奈とは違い、俺は幼い頃に母親とスーパーに行った経験がある。なので別に周りを観察して気付いたわけではない。

「見て見て！　これ、なんか楽しいわ！　あ、そうだ——わたしはこうやって後ろに足を乗せるから……ルガーがカートを押してみてくれない？」

カートを押してはしゃぐ零奈。

その発想は小学生と同じだぞと注意したいが、ここは俺も初めてを装って答える。

「やめておけ。他にそんなことをしている人間はいない」

「あ……そ、そうみたいね」

周囲を確認して我に返った零奈は恥ずかしそうに、カートから足を下ろした。

だがカートというもの自体を気に入っているらしく、彼女は無駄にカートを蛇行運転しながら先へ進んだ。

「すごい——スーパーってこんなにたくさん商品があるんだ。わたし、お婆様と同じものしか注文してなかったから……全然知らなかったわ」

目を輝かせながら零奈は棚を見て回る。

野菜に肉、調味料、缶詰、冷凍食品——あっという間に籠は商品でいっぱいになった。

そして彼女が最も興味を示したのは、玩具付きの菓子が並ぶ一角。

「きゃーっ！　何これ何これ！　すっごい可愛い！　ミカンペンギンのミカペンだって！」

零奈は菓子のパッケージに印刷されたキャラクターを見て、歓声を上げる。

どうやら子供向けアニメの人形がおまけに付いてくる商品のようだ。ペンギンが頭にみかんを乗せているだけのキャラなのだが、妙に愛嬌（あいきょう）がある。

——可愛いのは分かるが……ホントに反応が小学生だな。

だが、こうしたものに触れたことがないのなら当然の反応かもしれない。周りの視線は少し気になるものの、はしゃぐ零奈の姿は微笑ましかった。

「ねえねえ、ルガー。これ……買ってもいいかな？」

「零奈の金だろう。好きすればいい」

何故俺に聞くのかと思いながら、俺は答える。

「でもこれ……みかん味のガムが一枚しか入ってないのに三百円もするし――おまけ目当てで買うのに何となく罪悪感が……ああ、だけどミカペン可愛いよぉ……」

じっと名残惜しそうに菓子のパッケージを見つめながら彼女は言う。

――ああ、その葛藤には何となく覚えがあるな。

おまけだけが欲しくて商品を買うのが不誠実である気になるのだ。もちろんそうした逡(しゅん)巡(じゅん)など欲求の前には無力で、いつしか慣れてしまうのだが……零奈にはそんな風にスレて欲しくない気もする。

なので少し考えてこう答えた。

「俺はそのガムとやらを食べてみたい」

「え!? ほ、ホント?」

「ああ、だからそれを買え。おまけはお前にくれてやる」

照れ臭くて魔神口調がいつも以上にぶっきら棒になってしまう。

けれど零奈は俺の命令に笑顔で頷いた。

「うん、分かった! ありがと、ルガー」

「……礼を言われる理由はないと思うが」

「ふふっ! そうねー」

零奈は上機嫌にカートを押す。

どうやら今のはさすがに気を使ったとバレてしまったらしい。

俺は気恥ずかしい思いを抱きながら頭を掻き、ゆっくりと彼女の後を付いていった。

「はぁー……帰ってきたぁ。楽しい事って意外に疲れるのね」

長い坂を上って白亜家の広い屋敷に帰り着くと、零奈は大きく安堵の息を吐いた。

「――まだへたり込むのは早い。キッチンに案内しろ」

俺は重いレジ袋を手に、彼女を促す。

大量に買った商品は両手に持った袋をパンパンに膨らませていた。

「あ、台所はこっちよ。それにしても家がこんなに落ち着くなんてね。ずっとここから出たいって思ってたのに」

零奈は靴を脱いで廊下に上がると、俺を見て苦笑する。

「……そういうものかもな」

複雑な思いで俺は相槌を打った。

五年ぶりに外へ出たあの日、もし無事に帰宅できていたら零奈と同じような感想を抱いたのだろうか。

「冷蔵庫に全部入るかなぁ……やっぱり買い過ぎちゃったかも」

廊下の突き当たりにある台所に俺を案内した零奈は、冷蔵庫を開けて空きを確認する。

「まあ大丈夫だろ」

冷蔵庫の中がわりとスカスカなのを見て、俺は要冷蔵の品物を詰め込んでいった。

野菜室がかなりギリギリだったものの、買った分はなんとか全て収まり、俺たちは居間に移動して座布団の上に腰を下ろす。

「ふわー……疲れたぁ。もうダラけてもいいわよね？」

零奈は食玩のミカペンフィギュアをにやにや眺めながら言う。

「ああ、好きにしろ」

俺は頷きつつ、テレビのチャンネルを手に取って電源ボタンを押した。

先ほどの爆発についてニュースをやっているかと思ったのだが、テレビが反応しない。

「……つかないな。壊れたか？」

部屋を片付けた時にテレビが横倒しになっていたのを思い出し、俺は呟く。

「ルガーってリモコンとか分かるのね。終末とかの情報入力には失敗してたのに……」

零奈はテレビが反応しないことよりも、俺が自然にリモコン操作したことについて興味を引かれたようだった。

「あ、ああ。その部分は上手く行ったってことじゃないか」

少し焦りながら俺は答える。

「そうね！　よく考えたらルガーって明らかに日本人っぽくないけど日本語話せてるし！　そういう基礎情報は入力できてたってことよ！　うん――やっぱわたし、やればできる子！」

嬉しそうにする零奈を見て、俺はわずかな罪悪感を覚えた。

リモコン操作ができて日本語を話せるのは、単に俺が現代生まれの日本人だからというだけなのだから。

「――それより、テレビが壊れているのなら零奈の端末でさっきの爆発について調べてくれ。何かしらニュースになっているはずだ」

複雑な思いを抱えながら俺は零奈に言う。

「あ、確かに。ちょっと待っててね――」

零奈は携帯端末を取り出して少しぎこちない動きで画面を操作した。

連絡先が祖母と病院だけしか入っていなかったと言っていたので、祖母が入院してから連絡用に持たされたものなのかもしれない。

「……わあ、やっぱり色々話題になってる。えっと――皆淵駅前の道路脇に違法駐車していた車が突然爆発したんだって。それで近くを歩いていた人が巻きこまれたみたい。死者はいないけど、何人も病院に運ばれたって書いてある」

ニュース記事を読み上げる零奈は、そこでハッとした表情を浮かべる。

「あ——それにここ数日、皆淵市で変な事故や事件が連続してるんだって。アムドちゃんが言ってた通りね。わたし、全然知らなかったわ。そういえばルガーも何か事件はなかったかって聞いてきたわよね？　もしかしてこのこと？」

零奈に問いかけられて、俺は視線を逸らした。

「あー……まあ、そのことというか……今朝のあれは、この街に他の魔神がいるなら何か起こっていないか気になっただけだ」

今日召喚された魔神ルガーが数日前のことを知っているのは不自然だったと気づき、俺は適当に誤魔化す。ただ、その〝変な事故や事件〟にはとても興味を引かれた。

「ちなみにどんなことが起こってたんだ？」

恐らくその中に通り魔事件もあるのだろうと予想しながら質問する。

「うーん……ホントにたくさんあるみたいで……一番多いのは火事で、地元の放送局や大学とか、普通の住宅とかも不審火で怪我人がたくさん出たみたい。あとは集団で昏睡(こんすい)状態になって病院に運ばれたり……夜道で幻覚を見たって話も……この中のどれかにアムドちゃんの主人は巻きこまれたのね」

「——通り魔事件はなかったか？」

なかなかそのワードが出てこないので俺の方から訊ねてみた。

しかし零奈は首を捻る。

「通り魔？　あるかもしれないけど……ちょっと事件が多すぎて見つからないわ」

「見つからない？」

最低でも人間が一人——俺が死んでいるはずなので、埋もれるようなニュースではないと思うのだが。

そんな疑問を覚えた俺に、零奈は頷く。

「うん——やっぱり分かんないわ。でもこれだけ色々起きているのに、死んだ人はまだ誰もいないみたい。アムドちゃんは〝呪い〟でみんな危ないって言ってたけど……〝もう一人の魔神〟を倒せば助けられるってことだよね」

「——」

ほっとした様子で言う零奈だったが、俺は言葉を失った。

今、零奈は何と言った？　死んだ人間がいない？　そんなはずは……いや、もしかして俺はまだ生きているのか？

混乱する。疑問が泉のように湧き出た。

ひょっとして人間としての俺——阿久津恭也は昏睡状態で入院していて、意識だけがルガーとしてここにいるとか？　そんなことがあり得るのか？　いや、あり得るかどうかで言えばそもそも魔神として召喚されることがあり得ないんだが——。

「ルガー、どうかした？」

零奈に声を掛けられて、俺は我に返る。

「――何でもない。少し……疲れただけだ」

動揺を悟られないための返答だったが、実際俺はわずかな疲労を感じていた。

すると零奈はハッとして俺に詰め寄ってくる。

「まさか――ルガー、ちょっと確認させてね」

そう言って彼女は俺の額に手を当てた。

「お、おい」

急に至近距離まで迫られて、心拍数が急上昇する。先ほどの混乱は零奈の手の平の感触に容易く押し流された。

「やっぱり……今朝よりも魔力が弱まっている感じがするわ」

「それはまあ、何度か魔法を使ったからだろ」

スキル使用でＭＰ――魔力が減るのは当然だと俺は考えたが、零奈は深刻そうな表情で首を横に振る。

「あれから時間が経ってるじゃない。普通ならわたしから少しずつ魔力が供給されて、自然に回復しているはずなのよ。主従契約ができていなかった時点で嫌な予感はしてたけど……こんな影響が出るなんて――」

「このままだとまずいのか？」

俺は不穏な気配を感じて問いかけた。

「魔力が尽きたらルガーは消えちゃうわ。でも安心して、こうして直接触れれば魔力は送り込めるから」

零奈がそう言うと、額に触れている彼女の手が熱を帯びる。その熱がじんわりと俺の中に染み込んでくるのを感じた。

「……これが魔力か」

ゲーム中では単なる数値でしかなかったので、こうして魔力を感覚として意識できたことに少し感動する。

「そうよ。だから今後、家にいる間はなるべくルガーに触れているようにするわ。何もしていなくても、ルガーの魔力はだんだんと減っていくはずだから」

流れ込む魔力の心地よさに眠気がやってきていたが、零奈の衝撃的な言葉を聞いて俺は我に返った。

「ちょっ──ちょっと待て。ずっとこんな風に触れられていたら俺が持たない……じゃなくて、色々と不便だろ」

こんな至近距離にずっといられたら心拍数が上がりっぱなしになってしまう。

「だから〝なるべく〟って言ってるじゃない。さすがに料理中とかは無理だし……トイレにまでついて行くつもりはないわ。でも最低限、夜は一緒に寝るからね」

零奈は俺の額から手を離すと、そう宣言した。

「は？　一緒に……寝る？」

脳がその言葉を理解するのに数秒を必要とする。

「そ。一緒に寝れば、起きた時は魔力が全回復してるはずよ」

脳内に零奈と同じベッドに入る自分の姿が思い浮かび、顔が一気に熱くなった。

「お前は……それでいいのか？」

平然としている零奈が信じられず、俺は問いかける。

「何が？」

「俺は魔神だが、同時に男だ。今日初めて会った男と一緒に寝ることに抵抗はないのか？」

言わねば分からないのかと俺は嘆息した。

俺ばかり動揺しているのが恥ずかしい。きっと零奈は、俺のことを男だと意識していないのだろう。

しかしそこで零奈は予想外の反応を見せる。

「て、抵抗はあるわよ！　でも……そうしないとルガーが消えちゃうかもしれないんだから、仕方ないじゃない。それにわたし、ルガーに身も心も捧げる契約をした時に……そういう覚悟もしているわ」

頬を染め、視線を逸らす零奈を見て、俺はかつてないほど心臓が大きく跳ねたのを自覚した。

　――そうだった。こいつは自分の魂と命を懸けて俺と契約したのだ。

　その覚悟があったからこそ、ここまで平静を繕うことができたのだろう。それを綻ばせてしまったことに罪悪感を覚えたが、同時に今ここで訊ねておかねばならないことがあると気付く。

「お前が……全てを懸けて自身の〝青春〟を実現しようとしていることは分かっている。けれど――好きでもない男と共に寝るのは、その〝青春〟を汚してしまうことにならないのか？」

　真剣にそう問いかけると、零奈は不意を突かれたかのような顔でポカンと口を開けた。

「ルガーって……何だか難しいことを言うのね。もしかしてわたしのこと、心配してくれてる？」

「……違う。共に寝るという行為がお前との契約に矛盾しないか確認したいだけだ」

　視線を逸らし、俺は首を横に振る。

「そっか、確かにそこは大事かもしれないね。でも大丈夫よ」

　くすりと笑う零奈。

「大丈夫って、何が？」

「好きでもない男と――の部分」

そこで零奈は俺の隣に腰を下ろし、天井を見上げて独り言のように言う。

「ルガーはさ、契約とか何も結んでない時にわたしを助けてくれたでしょ？　わたし、何の損得もなく他人を守れる人のこと……心から尊敬してるのよ。ずっと、そういう人に憧れてたの」

「……前にも言ったが、お前を助けたのは気まぐれだ」

過剰に褒められている気がして居心地が悪く、俺は硬い声で反論した。

「気まぐれでも何でもいいわよ。それを〝できる〟ってことがすごいの！　それだけでわたし、ルガーのこと結構好きになっちゃった」

照れ臭そうに零奈は言い、俺の肩に頭を預けてくる。

「わたしね……ずっと昔、子供の頃に……好きになった人がいたの。絶対に叶わない片思いだったけど……ルガーのことは、その人の次ぐらいに好きよ。だから、大丈夫」

「………………」

その言葉にいったいどう反応すればいいか分からず、俺は頭を掻いた。

好きと言われたことは、正直嬉しい。

現実でもゲームの中でも、俺は疎まれる立場にいた。だから他人から好かれることが、こんなにも嬉しいだなんて知らなかった。

けれど同時に自分が二番目と知り、少しショックも受けている。二番でも十分だと思うのだが、それでも何故だか悔しい。

「あれ？　ルガー、何だか不機嫌？」

「別に」

「嘘。ちょっとむくれてる」

「……気のせいだ」

表情を隠すために、俺はそっぽを向く。

「何を怒ってるのか分からないけど……夜ご飯は気合を入れて美味しいのを作るから、それで機嫌直してよね？」

零奈はそう言って俺の手にそっと手の平を重ねた。

触れた部分から流れ込んでくる魔力を感じながら考える。

俺は今夜、眠れるだろうか——と。


零奈の手料理は、とても美味しかった。

献立はご飯とあさりの味噌汁、焼き魚に白菜の漬物。

昔から祖母と家事を分担していたらしく、薄味だが体への優しさを感じさせる和食は、あっという間に俺の胃へと収まる。

魔力の補給とは別の意味で、体に活力が戻った気がした。昼のチーズハンバーグも美味かったが、毎日食べたいと思うのはこちらだ。

そして着々と〝その時〟は近づく。

「お風呂湧いたわよー。ルガー、先に入って」

夕食後、居間から姿を消していた零奈が戻ってきて俺に入浴を促した。

「……分かった。風呂はどこだ？」

「廊下の突き当たりの右側――台所の横よ。引き戸を開けたら脱衣所があるわ。タオルとか新しいのを出して置いておいたから。あ、パジャマはお父さんの部屋から適当なのを見繕ってきて」

てきぱきと指示する零奈に俺は頷く。

「了解した。もし俺の入浴中に何かあったら、大声で叫べ。俺も注意を払っておく」

俺はそう言って居間を出ると、まず二階に向かった。そして零奈の父親が昔使っていた部屋の箪笥(たんす)を漁り、寝間着に使えそうなものを探す。

パジャマらしい服は見当たらなかったので、長袖のTシャツとスウェットのズボン、後は替えの下着を手に取って部屋を出た。

零奈に言われた通り、廊下奥右側の引き戸を開けると、そこは狭い脱衣所。洗面台と洗濯機もあり、床に置かれた籠には新品のタオルが入っている。

「…………」

制服に着替えた時も思ったが、他人の家で服を脱ぐのは妙に気恥ずかしい。

洗面台の鏡には、すらりとした魔神ルガーの裸体が映っていた。

――ゲームの中じゃ裸にはなれなかったから新鮮だな。

「リンク・オン。モード・レシーブ」

唯一外さないでおいた共鳴の指輪に触れると、居間で携帯端末をいじっている零奈の姿が脳裏に浮かび上がる。

「――リンク・オフ」

今のところ特に問題はなさそうだ。この屋敷には防壁が張られていて、誰かが侵入した場合は分かると言っていたので、学校の時ほど警戒しなくてもいいだろう。

浴室に入ると、もわっとした湯気に包まれる。

古い屋敷なので檜風呂(ひのきぶろ)のようなものを想像していたが、築十七年だった俺の家と印象はあまり変わらない。浴槽は樹脂素材で壁には湯温調節のパネルが設置されていた。何年か前にリフォームしたのかもしれない。

「……一緒に寝る、か」

風呂から上がった後に待っているイベントを思い、念入りに体を洗って湯船に浸かる。

――覚悟はしてるって言ってたよな。

あれはどこまでのことを指しているのか。

青春から程遠い生活を送っていたとは言え、俺も男だから色々なことに興味はあった。

契約がある以上、零奈は俺が望むことを全て受け入れるに違いない。

華奢な彼女の体を押し倒したところを妄想し、体が熱くなる。

「でも……それをしたら――」

――あいつの夢はきっと壊れてしまう。

やはり、零奈の〝青春〟を汚すようなことはしてはいけない。一緒に寝ることは大丈夫だと言ってくれたが、それ以上のことはアウトだろう。

今朝、学校に着いた時に見せた零奈の嬉しそうな顔――俺はまた、あれを目にしたいのだ。

だから彼女が望む残り二つの〝青春〟も叶えてやりたい。その時の表情を見てみたい。

そうすれば……何かが報われるような、そんな気がしていた。そのためにも俺は今夜、自分の煩悩を押さえ込まなければ――。

倫理観とか正義感からの想いではない。

何よりも俺自身のために、強く自分に言い聞かせる。

――ガタン。

「え?」

だがその時、脱衣所の扉が開く音が聞こえてきて、俺は顔を上げた。

磨りガラスになった浴室の扉の向こうに人影が見える。

「ルガー、湯加減は大丈夫？」

響いてくる零奈の声。

どうやらちゃんと風呂に入れているか心配して来てくれたようだ。

「あ、ああ。ちょうどいい」

本当は少しだけぬるめだったが、俺はそう返事をする。

「――それならよかったわ。じゃあ……今からわたしも入るね」

「は……？」

聞き間違えかと思って聞き返すが、扉の向こうで彼女が服を脱ぎ始めたのを見て思考が止まった。

磨りガラスに映る肌色の面積が増えていく。

「お、おい、何で――」

慌てる俺には構わず、零奈は浴室の扉を開いた。

少し冷たい空気と共に、ふわりと甘い香りが流れ込んでくる。

「ルガー……お邪魔するね」

体にバスタオルを巻いた零奈が浴室に入ってきて、ぱたんと扉を閉めた。

「何の、つもりだ？」

　必死に魔神ルガーとしての体裁を取り繕いながら問いかける。

　だが視線はバスタオルの裾から伸びる白い太ももから離せない。

「ルガーにはなるべく触れていた方がいいんだし、一緒に入った方がいいでしょ？　それに……ここで慣らしておかないと、今夜が大変だと思うから」

　顔を真っ赤にした零奈は、浴室用の椅子に腰かけて言う。

「慣らす？」

　どういうことかと俺は眉を寄せた。

「この後さ……い、一緒に寝るわけじゃない？　でも間違いなく緊張して眠れないと思うのよ。だからそれよりも刺激的な経験を先にしておくことで、感覚を麻痺させておこうかと……」

「麻痺ってあのな――」

「いいから気にしないで！　これはわたしの問題だから」

　強い口調で俺の言葉を遮ると、零奈は軽くお湯をかけてから湯船に入ってくる。

「本当に……一緒に入るのか」

　俺は視線を逸らしながらスペースを空けた。

　浴槽はゆったりと足を伸ばせるほどの広さはあるが、二人だとさすがに手狭だ。

「もちろんよ。ルガーに触れていないと魔力を補給できないし、今夜の予行演習にもならないわ」

硬い声で肯定した零奈はゆっくりと肩までお湯に浸かる。

隣同士で肩を寄せ合うような態勢だ。

お互いの二の腕がぴたっとくっつき、体温と魔力が伝わってきた。

横目で彼女の方を窺うと、真っ白な肩とうなじに視線を奪われてしまう。

それに気付いたのか、零奈はちらりとこちらを見て、躊躇いがちに口を開く。

「もし……わたしの生き血とか飲みたいなら、好きにしていいわよ？　そういう契約だし」

「……俺にそんな趣味はない。それにさっきの夕食で腹はいっぱいだ」

俺は慌てて天井に視線を移動させて、ぶっきら棒に返事をした。

「確かに、おかわりまでしてくれたもんね」

嬉しそうに零奈は表情を緩める。

そこで彼女は思い出したように、言葉を続けた。

「あ、そうだ。さっきアムドちゃんに連絡してみたの」

そういえば指輪を通して彼女の姿を見た時、携帯端末を操作していたなと思い出す。

「駅前の爆発について、何か情報はあったか？」

「ううん、返事はまだ。ちょっと遅くなったからもう寝ちゃったのかも」

「そうか……」

話が膨らまず、そこで会話が途切れた。

湯気で白く霞む浴室に、蛇口から滴る水音が響く。

バスタオルを一枚巻いただけの無防備な姿の女子が隣にいる——しかも肌と肌が触れあってしまっている……その事実が段々と染み入ってきて、頭に血が昇ってきた。

ここからどうすればいいのか。

このままでは魔神ルガーの頑丈な体でものぼせてしまいかねない。

「あのね、ルガー……」

「何だ？」

彼女が沈黙を破ってくれたことに感謝しつつ、俺は問い返す。

「今日は……ありがとう」

「……今日の、何についてだ？」

いまいち何について感謝されているのか分からず、俺は眉を寄せた。

「色々というか全部だけど……一番は、入学式に出ろって——これからも学校に通えって言ってくれたこと……かな」

「礼を言われるようなことじゃない」

あれは俺の未練とか憧れとか、そういうものがまぜこぜになった——完全なる私情で言ったことだ。契約がどうとか理由をつけたけれど、結局は俺の願望を彼女に重ねただけ。

「でも本当に嬉しかったんだもん。お礼ぐらい言わせてよ。明日からもお世話になるんだしさ」

彼女の眩しい笑みに息を呑む。

「分かった……ただ、あと二つ願いが残っているのも忘れるな。それを実現するのは、俺にとって重要なことだ」

俺は舞い上がってしまいそうになる自分を抑え、事務的に釘を刺した。

「もちろん忘れてないよ。明日は始業式で学校はまた午前で終わるから、その後に二つ目のお願いを叶えてもらうつもり」

「……それならいい」

俺は頷き、置いておいたタオルを手に取る。離脱するならこのタイミングしかない。

俺はタオルを水中で腰に巻き、おもむろに立ちあがった。

「俺は先に上がる。お前はゆっくりしていけ」

色々な意味でもう限界だったので、俺はしっかり股間を隠しながら浴室を出る。

「あ――」

零奈が何か言おうとしたが、そのまま扉を閉めた。

「慣れるわけないだろ……」

俺は額を押さえて嘆息する。

零奈のバスタオル姿は脳裏にしっかりと焼き付いてしまった。

手早く体を拭きつつ、俺は今夜を乗り切ることがさらに困難になったことを確信する。

——零奈も逆効果だったんじゃないか？

俺はそれを心配しながら防虫剤の匂いがする服に袖を通した。

5

零奈の部屋は二階の奥——彼女の父親が使っていた部屋の隣にあった。

「ここよ……入って」

風呂上がりの上気した顔で促され、俺はぎこちない動作で部屋の中に足を踏み入れる。

広さや家具の配置は隣とほぼ同じ。

床はフローリングで、窓際に少し新しめのベッドが置かれていた。

ただ——〝普通の男性〟の部屋だった隣とは違い、こちらはとてもオカルティックだ。

本棚に並んでいるのは、ほとんどが日本語以外で書かれた怪しげな装丁の本ばかり。壁には魔法陣を記した紙片がぺたぺたと無秩序に貼られていて、床には儀式で使いそうな道具が転がっている。

「ごめんね、散らかってて。女の子らしさの欠片もない部屋でしょ？　青春的なものからも程遠いわよね……」

自嘲気味にパジャマ姿の零奈は肩を竦めた。

制服を着ていた時よりも露出は少ないのだが、胸と下腹部のラインがはっきり分かってしまうので目のやり場に困る。

風呂場でも感じた甘い香りが部屋に満ちていて、呼吸をするだけで鼓動が速まった。

「……これはこれで青春だと思うがな」

俺は落ち着かない気分を持て余しながら言う。

もし零奈が魔術師だと知らなければ、オカルトにどっぷり嵌まった中二病少女の部屋にも見える。

偽物であれ本物であれ、彼女の部屋には魔術に注いだ膨大な時間と熱意が感じられた。

ＰＣとゲーム機器、あとゴミしかなかった俺の部屋とは違う。

「そ、そう？　でもわたしが欲しかった青春とは全然違うんだけどね」

否定しながらも零奈は少し嬉しそうに頬を掻く。

「えっと、じゃあ――寝よっか」

何か話題を探すように視線を彷徨わせた零奈だったが、特に思いつかなかったらしく、先にベッドへ入った。

そして薄手の掛布団を持ち上げ、恥ずかしそうに俺を手招く。

「ほら、ルガーも」

「……ああ」

これ以上ないほどに緊張しているが、それを悟られぬように何気ない表情を装って同じベッドに寝転がった。

――うわ、これヤバいだろ。

布団を被ると甘い香りに包まれる。

肩が触れ、慌てて俺は彼女に背中を向けた。

「そうね、お互い背中を向けた方が寝やすいかも」

背後で零奈も姿勢を変え、俺の背中に彼女の背中が触れる。

魔力供給が目的なので接触は当然なのだが、薄い布ごしの体温に否応なく俺の心拍数は高まった。

「電気消すね」

蛍光灯はリモコン式らしく、ピッと響いた短い電子音と共に部屋が暗くなる。

そこからしばらく沈黙が続いた。

だがやはり眠気は一向にやって来ない。風呂場で見た零奈のバスタオル姿と、今のパジャマ姿が交互に脳裏を過り、緊張だけが高まっていく。

「──ルガー、起きてる？」

するとと零奈が小さな声で話しかけてきた。

「ああ」

返事をすると、小さな溜息が聞こえてくる。

「全然寝れない……一緒にお風呂入った時からずっとドキドキしてる……」

「だろうな。お互い様だ」

やっぱりなという気分で俺は苦笑した。しかしこれは失言だったとすぐに気付く。

「え？　ルガーも同じなの？」

「それは……」

返事に困り、俺は言葉を濁した。これでは魔神としての威厳とか、そういうものが失われてしまう。

「ふふ──魔神でも、そういうこと気にするのね。何か……ちょっと安心した」

しかし意外なことに、零奈は柔らかな笑い声を零す。

「そうだ、ちょっと音楽流してもいい？　携帯持つようになってから、寝れない時はよく音楽を聞くの」

「構わない」

俺が同意すると、少し間を置いて曲が流れ始めた。

聞き覚えがある。これは――。

「……アムドが薦めてきたバンドの曲か」

ビルに設置された大きな街頭ビジョンでこのガールズバンドのMVが流れていたのを思い出す。

「そ。さっきダウンロードしておいたの」

「確かに、悪くないな」

「うん、いいよね」

黙って二人で曲に耳を傾ける。今度の沈黙は苦ではなかった。

曲が終わると、零奈は静かに言う。

「じゃ、今度こそ寝よっか」

彼女の声は柔らかく、緊張が解けているのが分かった。そのせいか俺も少し気持ちが落ち着いた。

「ああ」

今なら眠れる気がして、俺は頷く。

「おやすみ、ルガー……わたしの、魔神」

彼女が囁いた就寝の言葉は、どこか祈るような色を帯びていた。

6

消灯時間の過ぎた夜の病院。

廊下を巡回している看護師の足音を個室のベッドで聞きながら、一人の少女が窓の方に視線を向ける。

カーテンの隙間から見える夜空には、魔術師だけに見える赤い凶星――〝黄昏（たそがれ）の星〟が禍々しく輝いていた。

「アムドゥスキアス……あなたは今、どこに――」

少女は微かな声で呟く。

そして思い出す――あの小さな魔神との運命的な出会いを。

世界がもうすぐ終わることは知っていた。だからやりたいことを――〝歌うこと〟を思う存分やってきた。

けれど黄昏の星が輝き、少女は戦いの舞台となる第七圏プライド――皆淵市へ行くように命じられ、自由でいられる時間は終わる。

ここからは魔術師として家と血統のために戦うのだと覚悟を決めた。

管理者でもない傍流の魔術師が〝終末〟に参加しても勝算は薄いが、何もかもを捨てて挑むつもりだった。

しかし、この街へ着いた日の夜——召喚ポイントである自然公園の一角で、少女の前に現れた魔神はこう言った。

『——余は魔神アムドゥスキアス。お前の歌が気に入った。余と共に悪を為すに相応しい歌い手だ』

幼い女の子の姿をした魔神は、少女に〝歌〟を望んだ。捨てようとしていたものを拾えと促した。

魔術師である以上、当然アムドゥスキアスの名は知っている。

世界で最も有名な魔導書の一つ〝レメゲトン〟に記されし古き魔神。木々を操り、数多の配下を使役するとされる紛れもない真魔だ。

〝王〟でこそないものの、少女のような傍流の魔術師が召喚した結果としては最上と言っていいだろう。

ただ、疑問を覚えた。

アムドゥスキアスに音楽を好むという性質があることは知っていたが、魔術師としての素養に〝歌〟など関係ないと思えたから。

「召喚に応じていただき、ありがとうございます。けれどわたしの歌など――何の役にも立ちませんわよ？」

少女が自嘲気味に言うと、アムドゥスキアスは肩を揺らして笑う。

「ははは、何を言っている。お前の紡ぐ歌声は、最高の悪ではないか」

「わたしの歌が……悪？」

戸惑う少女。

「世の善悪は時代によって変わる。余は音楽が民衆を惑わし堕落させる〝悪行〟とされた世界で、最悪の存在として君臨した魔奏師。ゆえに存分に歌え、主よ。お前の歌に宿る魔力は、余をこの上なく満たしてくれよう」

アムドゥスキアスがそう言って両腕を高く掲げると、公園の木々がざわめき、蠢き――鈍く輝く金属の人形へと変わっていく。

人形はそれぞれ腕の形が違い、上腕部には規則的な間隔で穴が空いていた。

それが〝楽器〟なのだと少女が気付いた時、アムドゥスキアスは両手を振り下ろす。

瞬間、音が響く。

見事なハーモニーが夜の公園に流れ始めた。

アムドゥスキアスは〝指揮〟をしながら少女をちらりと見る。

それだけで二人の心は繋がった。

少女は魔神の楽団が奏でる音に〝声〟を乗せる。
そうして少女の〝終末〟は始まったのだ。

あの奇跡のような夜を、耳に残る美しい音を思い出しながら、少女は祈るように呟く。
「わたしは……何も捨てずに、何も諦めずに、戦い抜きますわ。ですから……無事に戻ってきてくださいね……アムドちゃん」

第三章　放課後カタストロフ

Arch enemy school life

1

『ティルナノーグ・ゲームサーバー停止まであと一分です』

運営からの音声アナウンスが全てのフィールドに響き渡る。

まだログアウトせず残っているプレイヤーは、メインゲートの前に集まり、思い出話に花を咲かせていた。

俺はその様子を街で一番高い時計台の上から一人で眺める。

ソロのＰＫ（プレイヤーキラー）だった俺に親しい仲間などいない。まあ……色々な理由で付きまとわれたりしたことはあったが、基本的に全てのプレイヤーは俺の敵だった。

だからあのメインゲート前の賑（にぎ）わいに、俺の居場所はない。

俺は一人で世界の終わりを見届ける。

街の上空にはカウントダウンが表示され、着実にゼロへ近づいていく。

――あと三十秒。

ティルナノーグの余命を眺めながら思う。ここにいた五年で、俺はいったい何を手にしたのだろう。何を残せたのだろう――と。

経験値、スキルの熟練度、最強クラスの武器・防具に限定アイテム、そして魔神というクラス。

この〝ルガー〟を形成する全ては、間もなく消滅する。

ルガーでなくなった俺はいったい〝何〟になるのか。どこへ行けばいいのか……。

答えは出ないまま、カウントはゼロになり――世界は静止した。


目覚めると既に零奈(れいな)の姿はなかった。

けれど背中にはまだ彼女の温もりが残っていて、全身に魔力が満ちているのを感じる。

俺はまだ自分が〝魔神ルガー〟であることを確認し、息を吐いた。

夢から覚めたのに、まだ夢を見ているような気分だ。

体を起こし、ベッドから降りる。

深呼吸をすると、甘い香りに頭の奥が痺(しび)れた。

一晩この部屋にいたのに鼻は鈍らず、零奈の残り香をはっきりと感じる。

このままだと妙な気分になりそうだったので、俺は足早に彼女の部屋を出た。

――トントントントントン……。

すると階下から微かに包丁の音が聞こえてくる。

零奈が朝ごはんを作ってくれているのだろう。

引き籠っていた時は朝が来る度に後ろめたさを感じていた。両親にとって無価値な一日をまた繰り返すことが分かっていたから。

でも今日はやることがある。

零奈をまた学校まで護衛し、放課後は彼女の二つ目の願いを叶えるのだ。

俺は必要とされている。〝やりたい〟ことがある。

だから気持ちが軽い。

漂ってくるいい匂いに誘われ、俺は階段を下りていった。

2

「――今日は何事もなく着いたか」

皆淵高校の校門へ続く桜並木を歩きながら俺は呟く。

「そうね。アムドちゃんと停戦できてよかったわ。まだ返事がないのはちょっと気になるけど……」

零奈は携帯端末を取り出して、少し不安げな表情を浮かべた。

昨日連絡してから未だにあちらからリアクションはないらしい。爆発現場を見に行くと言っていたが、そこで何かあったのだろうか。

「もう一人の魔神とやらにやられたのかもしれないな」

「ええっ⁉ そ、そんな……」

驚く零奈に、俺は淡々と言う。

「あり得る話だろ。共倒れになってくれれば、俺たちにとっては最善なんだが」

「ちょっとルガー、そんなの全然最善じゃないでしょ。わたしみたいなポンコツ魔術師と共闘しようって言ってくれるのはたぶんアムドちゃんぐらいよ。他の基点にも〝王〟の魔神はいるんだし、アムドちゃんとは仲良くしていかないと！」

怒った顔で注意され、俺は驚きながら彼女を見た。

「……確かに、そういう考え方もあるな。意外としっかりしてるじゃないか」

「意外とって何よ。まあでも、ルガーがわたしに〝学校へ通え〟って言わなかったら、そんな先のことまで考えなかったかもしれないけどさ」

口を尖らせて零奈はぼやく。

「どういうことだ？」

俺は彼女が何を言いたいかよく分からずに問い返した。

「だってそれって学校に通い続けている間は、契約満了にならないってことでしょ？　だとしたらあと二つの願いを叶えても、ルガーに食べられたりはしないわけじゃない？」

――そういえば零奈は勝手にそんな勘違いをしていたな。

俺と契約する際に零奈は自分の魂や血肉を捧げると言った。それはすなわち、契約が果たされた時にそれを失うことを覚悟しているということ。

そんな彼女の青春に掛ける強い想いに打たれ、俺は契約を結んだだけ。契約が果たされても別に彼女の命を奪うつもりなどない。

しかし零奈は三つの願いを叶えるまでが自分の人生だと、一度は心に決めていたのだろう。

「……その通りだ。死にたくなければ高校に通え。その後も大学へ進めばいい」

彼女の誤解を解くのは簡単だが、契約をなかったことにするのも違うように感じて、とりあえずそう答えておく。

すると零奈はおかしそうに笑った。

「ふふ、さすがにその頃にはもう今の世界は終わっちゃってるよ。でも、ありがと。大学進学を薦める魔神なんてきっとルガーだけね」

上機嫌になった零奈の横顔は何だかとても眩しくて、つい見惚れてしまう。

だが二人で校門を抜け、校舎の昇降口へ向かう途中で視線に気付く。

――ん？

敵意感知スキルには反応しなかったが、昇降口の脇に立っている女子生徒が俺の方を真っ直ぐに見つめていた。

見覚えがある。俺が昨日、校舎裏で助けた羽井戸夕陽(はねいどゆうひ)という少女だ。

「……まずいな」

彼女は俺が〝阿久津恭也(あくつきょうや)〟と名乗った時に大きな反応を示し、追ってこようとした。きっと俺を探すために昇降口で張り込んでいたのだろう。

「ルガー？」

きょとんとする零奈に俺は早口で告げる。

「じゃあ俺は昨日と同じように学校の中で周囲を警戒している。今日は誰かと会話ぐらいして来いよ」

羽井戸がこちらに向かってくるのを見て、俺は零奈に軽く手を振りながらその場を離れた。

中庭に回り込むが、昨日とは違ってあちこちに生徒の姿がある。

今日は始業式で二、三年生も登校しているためだろう。これでは屋上まで跳躍するという手は使えない。

迷っている間に羽井戸は駆け足で俺との距離を縮めてくる。

──仕方ない。話を聞くか。

俺が困るのはここの生徒ではないとバレて、教師に追い出されてしまうこと。生徒が相手ならいくらでも誤魔化しようはある。

ただあまり人目にはつきたくなかったので、校舎裏に移動し彼女を待ち受けた。

「あ──きゃっ……あわわわわっ⁉」

角を曲がったところで俺と鉢合わせた羽井戸は慌てて立ち止まるが、慣性を殺しきれず──腕をバタバタさせながらその場に尻餅をついた。

その弾みでパステルカラーのパンツがちらりと覗く。

──ま、またかよ。

こういう不意打ちは心臓に悪いから止めてほしい。

「大丈夫か？」

俺は視線を逸らしつつ、彼女に手を差し出した。

「は、はい……すみません。あ、ありがとうございます」

羽井戸は少し躊躇いつつも、俺の手を取って立ち上がる。

そして恥ずかしそうに下を向き、スカートについた汚れを手で払う。

昨日の再現のような気まずい沈黙。

「で、何の用だ？」

このままでは埒（らち）が明かないと、俺は用件を訊（たず）ねた。

彼女はびくりと体を震わせると、恐る恐るといった様子で顔を上げ、長い前髪の間から俺を見つめる。

「あ、あの……聞きたいことが……あるんです」

声は緊張で硬くなっていたが、目線は逸らさない。

大人しそうな外見に反して、芯は強そうだ。

「聞きたいこと？」

「はい……昨日、どうしてあなたは〝阿久津恭也〟と名乗ったんですか？　わたしを助けてくれたのに、どうして……」

――何を言っている？

俺が〝阿久津恭也〟と名乗ることと、彼女を助けることがまるで矛盾しているかのような言い方だ。しかしその理由が俺には見当がつかない。

どう答えていいか分からず俺が黙っていると、羽井戸は言葉を重ねた。

「阿久津さんの名前を出したということは、わたしが誰か分かった上で助けてくれたということ……ですよね。わたし、この街にそんな人がいるなんて思ってなかった……」

苦しそうな表情で彼女は自分の胸を押さえ、瞳に必死な色を浮かべる。

「わたし、すごく嬉（うれ）しかった……です。あんなこと、初めてだったから……だから、あなただけは巻きこみたくありません……！」

「巻きこむって……ああ、昨日の奴らに俺が目を付けられないか心配してくれているのか。安心しろ。もし何かしてきたら倍返しにしてやるだけだ」

正直、俺は羽井戸が〝誰か〟なんて知らない。

そのため彼女が何を言っているのかいまいち理解できなかったが、とりあえずそう答えておく。

しかし彼女はもどかしそうに首を横に振った。

「そうじゃないんです！　急にこんなことを言っても信じてもらえないと思いますが……今日、きっとこの街で大変なことが起こります。だから――学校が終わったらすぐにこの街を離れて欲しいんです！　お願いします……！」

羽井戸は勢いよく頭を下げ、俺に懇願する。

「た、大変なこと？　この街を離れろっていったい――」

だが俺は困惑するしかない。すると彼女はぐっと小さな拳を握りしめ、絞り出すように問いかけてきた。

「昨日、駅前で爆発事故があったのは知ってますか？」

「ああ……」

俺は零奈に調べてもらったニュースの内容を思い出しながら頷く。

確か何人か病院に搬送されたとかいう話だった。

「あれに巻きこまれたのって、この学校の生徒なんです。覚えてますか？　昨日、わたしを取り囲んで酷いことを言っていた人達……です」

ぞくりと背筋が震える。

敵意ではない。けれど自嘲気味な笑みを浮かべた羽井戸は、どこか剣呑な雰囲気を放っていた。

「まさか、お前がやったとでも？」

「いいえ、わたしはその時はもう帰宅していました。でも……わたしが〝望んだ〟ことではあります……」

「どういうことだ？」

「……前にも似たようなことがあったんです。この街に来てすぐの時、地元放送局の記者さんが訪ねてきて……すごく失礼な質問をされました」

地元放送局……それに思い当たることがあり、俺は慎重に問いかける。

「その放送局って火事になったとこか？」

ここ最近、皆淵市で起きている事件——零奈が挙げた中にそれはあった。

「はい。わたしが取材を受けた直後のことでした。ちなみにその記者さんは重傷だそうです。小さなことを含めれば他にも色々……わたしが〝呪った〟ものは、みんな壊れてしまいます。悪魔が……壊してしまうんです」

「悪魔？」

──それに〝呪った〟だと？

俺が眉を寄せると、羽井戸は苦笑を浮かべる。

「頭がおかしいと思われますよね。でも……本当なんです。本当だから、どうか逃げてください。お願いします……わたしの言うことが本当だったと、明日になれば分かるはずです……！」

再び深々と頭を下げる羽井戸。そこに予鈴の音が響いてくる。

ゆっくりと姿勢を戻した彼女は、そのまま俺に背中を向けた。

「で、では、失礼します……！」

「お、おい！」

立ち去ろうとした羽井戸に慌てて声を掛ける。

すると彼女は振り返らないまま独り言のように呟いた。

「今になって兄の気持ちが分かるようになるなんて……皮肉です。もしかしたらわたしの前にも阿久津さんみたいな人が現れるんでしょうか」

「お前、何を……」

急にまた俺の名前が出てきて戸惑う。

けれど彼女はそれ以上何も説明することなく、校舎裏から歩き去ってしまった。

追いかけようとしたが、渡り廊下に教師の姿が見えて、慌てて校舎裏に戻る。

「……羽井戸夕陽。あいつは何なんだ？」

校舎の壁に背を預け、疑問を口に出す。

悪魔とか言ってたが、まさか魔神のことか？　だとすればあいつは零奈と同じく魔術師ってことに——いや、それなら魔力を感じて俺が魔神だってこともすぐに分かるはず。

「あいつが言っていたことが本当なら、その悪魔がここ最近街で起きている事件の原因ってことになるが……それに、あいつにとって〝阿久津恭也〟はいったいどういう立場なんだ？」

間違いなく顔見知りではない。特徴的な苗字も聞き覚えはなかった。

今はとにかく情報が足りない。

「誰かに聞ければいいんだが……」

昨日、羽井戸を取り囲んでいた生徒たちは彼女のことを知っているようだった。世間に疎い零奈は当てにならないが、他の生徒に訊ねれば大体の事情は分かりそうな気がする。

だが予鈴が鳴ったことで辺りに生徒はいない。

——気配感知。

しかし試しに気配を探ってみると、一人だけヒットする者がいた。

「またサボってるのか」

俺は呆れ混じりに呟き、校舎の壁に手を掛けた。

「筋力があれば、わりと何でもできるんだな……」

指と腕の力だけで垂直な校舎の壁を登り切った俺は、感嘆の溜息を吐く。

昨日はとっさに口から出た言い訳だったが、実際に試してみるとさほど難しくはなかった。ざらついた壁は凹凸があり、手がかりには困らない。

そしてそんな俺を貯水槽の陰から覗いている少女が一人。彼女の視線があったので、今日はジャンプで跳び上がることができなかったのだ。

「わ、ホントにまた登ってきたの⁉　何なの？　暇なわけ？」

生徒会庶務兼天文部の部長である二年生の水瀬は呆れ顔で言う。

「そっちこそ何で今日も屋上にいるんだ？　今日は始業式だぞ」

昨日からそうだったが、彼女に対しては何故か全く気後れしない。魔神ルガーを演じなくとも、自然に言葉が出てきた。

「うるさいわね。あたしの勝手でしょ。それより……あんた昨日、屋上から飛び降りたように見えたんだけど」

俺の両足が無事であることを訝しむように彼女は目を細める。

「……あれは急いで壁を降りただけだ。さすがここから直接飛び降りたら、タダじゃ済まないだろ」

着地した瞬間は見られていないはずなので俺は強気で答えた。しかし今後は気を付ければ。

「まあ……それはそうだけど。あんなのはもうやめて。もしあんたが落ちて死んでたら、あたしが殺人犯かもって疑われるし」

「──言われてみれば、確かに」

「確かにじゃないわよ！　っていうかここに男子と二人でいるってだけでも、バレたら変な勘ぐりされるんだから」

腰に手を当てて水瀬は俺を睨んだ。

「ならバレないようにあまり大きな声は出さない方がいいな」

そう言い返すと、彼女はハッとして自分の口を押さえる。

「……あんたのせいじゃない。とっとと出てってよ」

悔しげな顔でこちらに近づいてきた彼女は、小さな声で毒づいた。

「それはできない。俺は今日もここにいるつもりだ」

ただ毎回彼女がここにいるのなら、他の潜伏場所も探さなければと胸の内で考える。

「このフリョー」

「お互い様だろ」

「あたしがサボるのは始業式だけ。授業をサボったりは……時々しかしないし」

少しバツが悪そうに視線を逸らす水瀬。

「何か始業式に出たくない理由があるのか？」

「そんなのあんたには関係な――くもない、のか。ひょっとして」

反射的に俺を突き放そうとした彼女だったが、何かに思い当たった様子でこちらの目をじっと見つめてきた。

「ねえ、あんた……羽井戸とどういう関係なのよ？」

「え？」

水瀬には羽井戸のことを訊ねてみようと思っていたのだが、向こうから先にその名を出されて俺は戸惑う。

「昨日、あの子を助けてたでしょ。何？　ひょっとして彼氏とか？」

「……違う。単にああいうのがムカついて止めただけだ。羽井戸のことは何も知らない。お前は何か知っているのか？」

ちょうどいい切っ掛けだと思い、俺は水瀬に問いかけた。

「はあ？　羽井戸を知らないってあり得なくない？　この街に住んでる人間なら――って

ああ、あんた外から来たわけ？」

「まあ、そういう感じだ」

言葉を濁らせて俺は答える。

どうやら皆淵市に住んでいる人間にとっては常識らしいが、ずっと引き籠っていた俺は別世界に住んでいたようなものだ。

「じゃあ仕方ないか。十年前はすっごい話題になったらしいけど、羽井戸事件を学校でわざわざ教えてるのはこの街ぐらいだろうし」

「事件？　そういえば羽井戸のことを犯罪者って呼んでるやつがいたが……あいつ、何かしたのか？」

俺はそう問いかけるが、水瀬は苦笑を浮かべて首を横に振った。

「何もしてないって。十年前の事件って言ったでしょ。その時、あの子は何歳だってのよ」

肩を竦めた彼女は、どこか遠い目をして語る。

「事件を起こしたのは、あの子の兄——羽井戸静夜ってやつ。当時二十歳のプー太郎。そいつがほら、ショッピングモール前の大通りあるでしょ？　そこでいきなり刃物を振り回して周りの人達を襲い始めたわけ」

「無差別通り魔事件、か」

俺が〝阿久津恭也〟だった時に見た最後の情景がフラッシュバックした。

あれも確かショッピングモールの近くだった気がする。あんな事件が十年前にもあったっていうのか？　いや、まさか……。

ある一つの可能性が浮かび上がる中、水瀬は頷く。

「そ。でも近くにいた〝十五歳の少年〟くんが通り魔を取り押さえて、たくさんの人が死ぬなんてことにはならなかった。怪我人は多かったけど、死んだのはその少年くんだけよ」

そこで彼女はぐっと拳を握りしめた。

——何故こいつはこんなに悔しそうな顔をしてるんだ？

様々な疑問の中、水瀬の表情がとても気にかかる。

本当は〝十五歳の少年〟という部分に驚くべきなのだとは思うが、何故かそれについてはあまり心が揺れなかった。

たぶん前々から感じていた小さな違和感に、全て説明がついたからだろう。

「でさ、その少年くんはヒーロー扱い。警察やら市長やらから表彰されて……しまいには記念碑まで建てられて……ホント馬鹿馬鹿しいわ。死んだ人間がそんなの喜ぶわけないじゃないの」

忌々しそうに吐き捨てた彼女はそこで我に返り、誤魔化すように髪を掻き上げた。

「……あんたが聞きたいのは羽井戸の話だったっけ。まあ要するに、その少年くんが持ち上げられた分、犯人の悪名も広がったってわけ。この街の学校じゃ、防犯とかの授業でよくこの事件を取り上げるから、羽井戸静夜の名前は誰でも知ってるわ。家族はこの街じゃ暮らしていけなくなってどこかに引っ越したらしいけど——」

確認するべきことはいくつもあったが、まずは最初の目的を果たすことにする。

「その妹が戻ってきたってわけか」

俺がそう言うと、水瀬は大きく頷いた。

「そういうこと。まあ事情を知らないなら、昨日みたいなことが起こるのは仕方ないかもね。だって……怖いだろうし」

そう呟く水瀬だったが、彼女の瞳には恐れ以外の何かが揺れているように見える。

「その言い方だと、お前は事情を知っているのか？」

「まあね。これでも一応生徒会役員だもの。先生とかに聞き込みして、フツーの人よりは色々知ってるわ。ただ、無関係な人に言い触らす内容じゃないっていうか……」

言い淀(よど)む彼女に俺は真剣に頼み込んだ。

「お願いだ、教えてくれ。たぶん——俺は無関係じゃないと思うから」

そんな俺を彼女はじっと見つめた後、小さく息を吐く。

「……よく分かんないわね。でも何かウソっぽくはないから教えたげる。羽井戸一家はね、引っ越し先で無理心中を図ったんだって。でもあの子——羽井戸夕陽だけは生き残って、そこからは親戚をたらい回し。それで行きついたのが、この街(スタート地点)ってわけ」

「この街にまだ親戚が残っていたのか」

　意外に思って俺が言うと、水瀬は苦笑した。

「母方の親戚だから、羽井戸姓じゃないわよ。でもだから余計に神経質になってるみたい。羽井戸夕陽はその親戚の家じゃなくて、近くのアパートで独り暮らしをさせられてるらしいわ。わりとカワイソーでしょ」

　皮肉っぽく言う水瀬の心境がよく分からず、俺は眉を寄せる。

「でもあまり同情はしてない感じだな」

「……当然。っていうかこの学校で羽井戸夕陽のこと一番嫌いなのは、たぶんあたしよ。顔を合わせたら何言っちゃうか分かんないから、昨日も今日もこうやって――」

　苛立った様子で言う彼女だったが、途中で言葉を切って首を横に振った。

「何でもない。気にしないで。じゃあ――あたしは始業式が終わるまで寝てるから」

　そう言って彼女は貯水槽の方へ引き返していこうとする。

「あ、ちょっと待ってくれ。最後に一つだけ聞きたいことがある」

「……何？」

　無視されるかと思ったが、彼女は律儀に立ち止まって聞き返してきた。

「今は西暦何年だ？」

「はあ？　何その質問。今年は――」

心底呆れた顔で彼女は今の西暦を答える。

だけどそれは俺にとって衝撃的な返答だった。

予想はしていたけれど……それでも思っていた以上にショックがある。

何故なら彼女が口にした年数は、俺が思っていた数字に十を足したものだったから。

——そうか。ここは、十年後の世界だったのか。

胸の内でその事実を言葉にした。

ティルナノーグがサービス終了したのは四月九日。俺が家の外へ出て、通り魔に出くわし、刺されたのも同じ日。

俺が魔神ルガーとして召喚されたのは四月十一日で、てっきり二日しか経っていないと思っていたのだが——実際は十年もの月日が流れていたのだ。

零奈が通り魔事件を知らなかったのは地下室に籠っていたからではなく、そもそも二日前には何も起こっていなかったから。街が大きく変わっていたのは引き籠っていた五年のブランクが原因ではなく、そこからさらに十年が経過していたから。そして……。

——俺は、やっぱり死んでたんだな。

十年前の無差別通り魔事件で死んだ十五歳の少年とは、俺のことに違いない。

「どうしたの？　何か顔色悪いけど」

呆然(ぼうぜん)としている俺に水瀬が声を掛けてくる。

「気にするな。元々だ」

　事情を説明するわけにもいかず、俺は視線を逸らして誤魔化した。

「……そ。ま、別にいいけど」

　水瀬もそれ以上は追及せずに引き下がる。

　だが立ち去ろうとしたところで動きを止め、躊躇いがちにこう問いかけてきた。

「もしかして、軽蔑した？」

「え？」

　いったい何のことかと、俺は彼女の顔を見つめた。

「さっきあたし、羽井戸夕陽のこと嫌いって言ったから。よく考えたら、あんたあの子のこと庇ってたし……あんま気分よくなかったでしょ」

「いや、それは――」

　違うと否定しようとしたが、確かにあの言葉には少し引っかかるものがある。だから正直に答えることにした。

「……まあ確かに、本人が何かしたわけじゃないのに嫌うのはどうかと思う」

「だよね。でもさ、あたしにも事情がある。あたしだけは、あの子を嫌う資格があるのよ」

　強い口調で言い切った彼女は、太めの給水管の上にジャンプして、片足でバランスを取る。

その拍子にふわりとスカートが靡いて、一瞬だけ水色のパンツが目に入った。

ドキリとしたが、今はそれ以上に水瀬の儚げな表情が気にかかる。

「資格？」

俺が問い返すと、彼女はふらふらと給水管の上を歩きながら答えた。

「羽井戸事件で死んだ少年くんの名前、阿久津恭也っていうんだけど——」

「……ああ」

複雑な思いで相槌を打つ。

「あたしの苗字も、元は阿久津だったの」

「は？」

しかし思いがけない言葉に、今度は声が裏返った。

「親が離婚して、再婚して……水瀬になったわけ。元の名前は——」

阿久津紗々良。

それは当時まだ六歳だった妹の名前。

あの頃の面影がほとんど残らない顔で、彼女は自嘲気味に笑っていた。

3

始業式とホームルームで今日の授業は終了し、俺は昨日と同じく下駄箱で零奈と合流する。

「ルガー、何か疲れた顔してるよ？　どうしたの？　魔力切れ？」

俺を見るなり、零奈は心配そうに俺の顔を覗き込んできた。

「体に不調を感じるレベルだとマズいかも——うん、接触面積を増やして、魔力を急速補給しないと！」

零奈は焦った表情で言い、いきなり正面からがばりと俺に抱き付いてくる。

「んなっ⁉」

押しつけられる二つの大きな膨らみ。その柔らかさと温かさ、鼻腔(びこう)を撫(な)でる甘い香りに頭が真っ白になった。

けれど周りにいた生徒がざわつく声を聞いて、俺は我に返る。

「だ、大丈夫だ。魔力は足りてる。俺の個人的な事情だから気にするな。無駄に目立ってるから、とっとと行くぞ」

俺は強引に零奈を引き剝がし、早足でその場を離れた。

「本当？　平気？　無理してない？」

それでも零奈はまだ心配そうに問いかけてくる。

「本当に平気だ」

ただ、心の整理が追いついていないだけ。

あれから水瀬は貯水槽の裏に引っ込んでしまい、始業式が終わると同時に屋上を出て行ってしまった。

まさかあのサボり癖がついた女子高生が俺の妹――紗々良だったとは。

あの通り魔事件から十年が経っていたことは驚きだったが、それ以上に身内が成長した姿というのは衝撃的だった。

親が離婚して再婚したと言っていたので、恐らく紗々良は母親の方についていったのだろう。だとすれば俺が暮らしていたあの家はどうなっているのか。

様々な疑問が次から次へと溢れてくる。しかし今は俺のことよりも優先すべきものがあった。

「それよりも報告しておくことがある。羽井戸夕陽のことは知っているか？」

歩き出しつつ問いかけると、零奈は少し表情を強張らせる。

「……うん。同じクラスだし――入学式の時から周りの人が噂してたから。あの子のお兄さんが起こした事件のことは……わたしもよく知ってる」

頷くがその声には色々な感情が混じっているように聞こえた。

羽井戸と零奈がクラスメイトであることは、俺も今日零奈の周囲を警戒していた時に気付いた。

――今思えば、昨日羽井戸を助けた時点で零奈に尋ねておくべきだったな。

「その羽井戸に、警告された。今日大変なことが起きるから、この街から離れろと」

「ど、どういうこと?」

戸惑う彼女に俺は経緯を説明した。

昨日彼女を助け、その礼のような形で警告を受けて、奇妙な話を聞かされたのだと。

「……というわけだ。羽井戸は最近街で起きている事件――昨日の爆発も自分の望んだことだと語っていた。彼女が呪ったものを悪魔が壊してしまうらしい」

「悪魔……それってもしかして――」

零奈は驚いた顔で呟く。

「ああ、召喚主の願いを叶える悪魔……まるでお前と俺みたいだよな」

大きく頷いた俺は、校門を抜けた先に続く桜並木を眺めた。

――敵意感知・危機感知スキルに反応なし。

昨日のアムドのように不自然に大きな気配もない。

「ルガーは羽井戸さんの悪魔が、アムドちゃんの言ってた〝もう一人の魔神〟だと思ってる?」

「……どうだろうな。ただ、羽井戸の傍――この学校近辺に魔神らしき気配はない。俺が警戒していたから確実だ。それに羽井戸は俺が魔神だと気付いた様子もなかった」

それを聞いた零奈は口元に手を当てる。

「ルガーが普通の人間じゃないって分からなかったのなら、羽井戸さんは魔術師じゃないと思う。でも、もし彼女に魔力があれば……魔術師の家系だって自覚のない一般人なら、偶然魔神を呼び出すこともあるかもしれない」

「魔神って、偶然で召喚できるものなのか？」

俺が呼ばれたのもエラーみたいなものだとは思うが、召喚主が儀式自体を知らないとなれば話が違う気がする。

「基点に刻まれている六芒星（ろくぼうせい）の頂点――わたしの家みたいな召喚ポイントでなら、可能性はあるわ。あ、もちろん召喚できたとしても不完全な感じだとは思うけどね。しかもそれが管理者にしか制御できない〝王〟の魔神だったとしたら、暴走して当たり前。もしかすると本当に今日、この街で大変なことが起こるかもしれない」

真剣な表情で呟く零奈を見て、俺はこう提案した。

「じゃあ、今日は警告に従ってこの街から出ておくか？」

「え？」

きょとんとする彼女に俺は言う。

「もし何か起きれば、羽井戸が魔神を使役していると判断できる。お前の目的は〝青春〟を達成することなんだから、危険を冒す必要はないはずだ」

「それはそうだけど……」

桜並木を抜け、大通りに出たところで彼女は立ち止まる。

「――ううん、やっぱりそれはダメ」

「何故？」

「万が一この街が滅茶苦茶になっちゃうようなことが起こったら――それが切っ掛けで〝終末〟が始まったら……わたしの〝青春〟はもう二度と叶えられなくなっちゃうもの。それにルガーも、大勢の人たちが巻きこまれて犠牲になったら嫌でしょ？」

「いや、別に俺は――」

そんな善人ではないと首を横に振ろうとしたが、脳裏を紗々良の顔が過った。

零奈が言うように街が壊滅するレベルの何かが起きれば、あいつも無事では済まないだろう。

引き籠っていた時も、俺を怖がってほとんど寄りつかなかった妹に、思い入れなどない。そのはずなのにわずかな抵抗を覚えてしまう。

「ほら、やっぱりルガーはそういう人」

固まった俺を零奈は笑顔で見つめ、腕を引っ張る。

だがそちらは彼女の家がある方向ではない。

「おい、どこへ行く気だ？」

「言ったでしょ？　今日は二つ目のお願いを叶えてもらうって。わたしたちがいても〝大変なこと〟は止められないかもだし、急いで達成しておかなきゃ！」

その言葉に俺は息を呑んだ。

零奈は自身が望む〝青春〟の実現を微塵も諦めていない。だが同時に敗北することも常に覚悟している。

その上で選んだ道ならば、もはや俺がどうこう言えるわけもなかった。

「……二つ目の願いは、何だ？」

まだ内容を聞いていなかったと思い、俺は問いかける。

すると彼女は俺を振り返り、満面の笑みで元気よく答えた。

「ショッピングよ‼」

駅の西口にある大型のショッピングモールは、俺が引き籠っている間にできた施設だ。

自宅に投函された宣伝チラシはよく見たものの、中に入ったことはない。

十年前、俺は確かショッピングモールのある方向へ歩いていたが、辿り付く前に通り魔事件に巻きこまれてしまった。

——確か、この辺りか。

俺は大通りを零奈と並んで歩きながら、辺りを見回す。

平日の正午とあって、ランチに出てきた社会人の姿が多く、かなり賑わっていた。

こんなに明るく、活気に溢れた場所で、俺は命を落としたのだ。

――そういえば紗々良は記念碑がどうとか言ってたな。

少し気になって探してみるが、それらしいものを見つける前に零奈が俺の手を引っ張る。

「ほら、ルガー！　見えたわよ！」

零奈は行く手にある大きな六階建ての建物を指差し、ずんずんと先へ進んでいった。

――まあいいか。

阿久津恭也の名前が刻まれた記念碑を見ても、違和感しか覚えないだろう。

現実では学校から弾き出された負け犬で、ゲームの中では他のプレイヤーを狩り続けた魔神。そんな人間がヒーローであるわけがない。

「ショッピングって言ってたが、何を買うんだ？」

彼女と共にショッピングモールの中に入りながら、俺は問いかける。

「そんなの服に決まってるじゃない」

「……決まってるのか」

女子にとってはそういうものなのかと俺は頭を掻いた。

「今わたしが一番かわいいって思える服を買うの。ルガーの意見もちょっとだけ参考にするから真剣に付き合ってよね」

　零奈は案内板をちらりと見て、エントランス正面にあるエスカレーターに乗る。女性向けブランド店は二階に集まっているようだ。

「ちょっとだけ、か……何だか割に合わない気がするな」

　俺はぼやきながらも、彼女と繋いだ手を強く意識していた。

　魔力の補給も兼ねているのだろうが、これではまるでデートだ。引き籠りだった自分がこんな経験をしていることが信じられない。

　零奈の手は小さくて柔らかく、力を込めるのが躊躇われる。

「あっ！　あれいい感じかも！」

　そんな俺の気持ちなど知らない彼女は、遠慮なく俺の手を握りながら最初の店に突撃していった。

「ルガー！　これどう？」

　フリルの付いた白いワンピースを手に取り、零奈は俺に訊ねてくる。

　日本人離れした彼女の容姿に、その服はよく似合っていた。

「……悪くはない」

　ただ魔神モードでは素直に感想を伝えられず、捻くれた表現になってしまう。

「ホント？　じゃあ試着してくる！」

だがそれでも彼女は嬉しそうに笑い、試着室に籠った。そして俺は一人取り残される。

時間を潰そうにも周りにあるのは女性物の服ばかりなので、じろじろ眺めるのは憚られた。

店内にいる他の客の視線が気になり、俺は試着室の前で腕組みをし、連れを待っているのだと態度でアピールする。

――女とデートする奴は、こんな時間を毎回味わっているのか？

だとすれば青春も楽ではない。

少しだけ現実を知った気分になり、俺は溜息を吐く。

「ルガー、いる？」

「……ああ、いるぞ」

「着てみたから開けるね。第一印象が大事だから、パッと見た感想を簡潔に言うこと！」

「了解した」

店員が俺たちの会話を聞いて微笑んでいたので、ついぶっきら棒に答えてしまう。

「じゃあ行くわよ――」

シャッ――とカーテンが勢いよく引かれて、ワンピースに着替えた零奈の姿が露わになる。

「悪くはない」

「さっきと同じ感想は禁止！　せっかく着てみたんだから、もっと別の言い方で！」

要望に応えたはずなのに何故か文句を言われてしまう。

魔神口調では前向きな発言が難しいのだが、懸命に頭を働かせて別の表現を探す。

「……お前に相応しい服装だ。制服の時とはまた別の魅力がある」

「────」

恥ずかしさを堪えながら感想を述べると、零奈は顔を真っ赤にして黙り込んだ。

「おい、どうした？」

「っ……そういう不意打ちみたいなのも禁止！　制服の時とは別の魅力って……それじゃあ着替える前のわたしもいいって思ってたってこと？」

早口で問いかけてきた零奈に、俺は視線を逸らしつつ頷く。

「……否定はしない」

「ルガーの……ばか」

零奈はさらに顔を沸騰させて、試着室の中に再び籠る。

しばらくして制服に着替え直して出てきた零奈は、先ほどよりも遠慮がちに俺の手を握り、くいっと引っ張った。

「このワンピースはとりあえずキープで、他も見て回るわよ」

「……了解した」

零奈の目が妙に据わっていたので、俺は少し気圧されながら頷く。

そこからは同じように色々な店を見て回った。

何度も試着をし、意見を求められた俺は、零奈を動揺させないように淡泊な表現を心掛けて答えたのだが、何故か彼女は物足りない様子だった。

そして最終的に選んだのは、最初に試着したワンピース。

店内で着替えた彼女は、制服を入れた紙袋を俺に渡し、くるんとその場で一回転してみせる。

「ど、どう？　か、可愛い？　魅力……ある？」

緊張気味の声で問いかけられ、俺も声が上擦るのを自覚しながら答えた。

「ああ、魅力的だ」

「──そう。この服にして、よかった」

安堵の息を吐いた零奈は、柔らかな笑みを浮かべる。

「これで二つ目の願いは達成か？」

「うんっ……！」

喜びを嚙みしめるように頷く零奈。

それは彼女が学校に初めて登校した時に見せた、輝くような笑顔だった。

──ああ、やっぱり俺はこれを見たかったんだな。

胸の奥から何か熱いものが込み上げてきて、俺自身も彼女と同じぐらい嬉しいのだと悟る。

「よーし、このままの勢いで最後の〝青春〟も達成するわよ！」

自身に気合を入れるように零奈は拳をぐっと握りしめた。

「今日できることなのか？」

ペースが早いなと思いながら俺は問いかける。

「そうよ。やろうと思えばいつでもできたこと……でも、できれば自分が一番可愛いって思える格好でしたかったから、最後に回したの」

「服を買ったのはその準備だったということか」

納得して俺は呟いた。

「で、その最後の願いはどういうものなんだ？」

「それは――」

きゅう～……。

零奈が答えようとした時、彼女の腹から可愛い音が響く。

そういえば服を選ぶのに夢中でまだ昼食を食べていない。

「と、とりあえずお昼ご飯を食べながら話そっか」

零奈は恥ずかしそうに頬を染め、そう提案した。

4

ショッピングモールの四階にあるフードコードで、俺と零奈は遅めの昼食を摂った。

今まで食べたことがないという理由で零奈はハンバーガーを注文し、俺も同じものを頬張る。

「お、美味しい！　でも……何だか手で持って直接かぶり付くのって背徳的な感じ……こ、これが普通なのよね……？」

零奈は周囲の様子を窺（うかが）いながら、俺に問いかけてくる。

「ああ、他の奴らもそうしているだろ」

俺が頷くと、零奈はほっとした表情を浮かべた。

「よかった……でも、やっぱりちょっと恥ずかしいというか……ルガー、あんまりじっと見ないでね」

頬を赤くしながら言う零奈に、俺は苦笑を返す。

「了解した」

仕方なく視線を逸らしてハンバーガーを食べるが、当の零奈はちらちらと俺の方に視線を向けてきた。

どうやら何か話を切り出すタイミングを窺っているらしい。先ほど話題に出た〝最後の願い〟についてだろうかと思い、俺は彼女が口を開くのを待つ。

「あ、あのね、ルガー……」

ハンバーガーの大きさが片手で摘めるほどになったところで、ようやく零奈は話しかけてくる。

「……何だ？」

正直言うと待ちくたびれていたが、急かしてもよくないだろうと俺は気のない風を装って問い返した。

「青春ってさ、何だと思う？」

「哲学的な問いかけだな」

いきなりの難しい質問に俺は眉を寄せる。

「あ、えっと定義とかそういうのを聞きたいんじゃなくて——青春といえばコレ！　みたいな感じのものって何かなって知りたいのよ」

零奈は慌てて言葉を補足し、俺の顔をじっと見つめてきた。

「俺の意見でいいのか？　魔神だぞ？」

「うん、ルガーの考えを聞かせて」

真面目な表情で零奈は頷く。

　そこまで真剣に言われると、こちらもいい加減なことは言えない。

　俺はしばし考えてからこう答えた。

「………何か夢を追いかけたり、友人と遊んだり、恋をしたり――そういったものをひっくるめて青春と呼ぶ気がする」

　全て俺が経験していないことだ。

　すると零奈はこちらに身を乗り出す。

「じゃあルガー、その中で一つを選ぶなら？　夢と友達と恋のうちで、一番青春っぽいものってどれ？」

　重ねて問いかけられて、俺は言葉に詰まる。

　しかし間近にある零奈の顔と、ケチャップのついた唇にドキリとし――気付けば答えを口にしていた。

「……恋」

　それを聞いた零奈は表情を明るくして、大きく頷いた。

「やっぱりそうよね！　わたしも同じ意見よ。青春に恋は欠かせないわ！」

　勢いこむ彼女だったが、そこですっと体を引いて、とても恥ずかしそうに言う。

「だ、だからね……わたし、告白したいって思ってるの」

「告白？」

心臓が跳ねるのを自覚しながら俺は問い返した。

「そう──ずっと好きだった人に告白する」

〝ずっと〟という言葉で、それが俺のことではないとすぐに理解する。そして僅かにでも期待していた自分の心に気付き、とても恥ずかしくなった。

──昨日、俺は二番目だって言われたのにな。

彼女とのショッピングがまるでデートのようで、女性に免疫のない俺は舞い上がっていたらしい。

「これを達成できたら……最低限、わたしは青春を謳歌したって思える気がするの。あ、もちろんこの先も生き残れたら、学校には通うつもりだけどね」

頬を掻きながら照れ臭そうに零奈は語る。

その表情を見て胸が苦しくなった。そこでようやく気付く。

──ああ、俺も一つだけ青春を経験できたのかもな。

どうやら俺は白亜零奈という少女に、いつの間にか惹かれていたようだ。

まあこれだけ可愛い女子がずっと傍にいれば仕方ないとも言えるが……。

──チョロすぎだろ、俺。

込み上げる苦い感情を嚙み潰し、俺は零奈に問いかける。

「告白に成功したら、付き合うことも念頭に置いておくべきだと思うが」

自分で口にした言葉なのに、胸が痛い。

だがこうして強がらないと、魔神としての体裁を保てない気がしたのだ。

「へ？　つ、付き合う？　ないない、そういうのはないから。絶対に無理なの。それは分かってて……その上で告白できればいいの」

顔を赤くして付き合うことは否定する零奈。

その言葉に少し安堵した自分がいて、罪悪感を覚える。

——付き合えないのが分かっているのなら、彼女持ちか既婚者か。そもそも学校に行っていなかった零奈が関わった人間は少ないだろうし……家庭教師とかか？　かなりあり得そうな線だな。

勝手に妄想が膨らみ、零奈が想いを寄せる相手への嫉妬心が湧き上がる。

「フラれるのが分かってて告白するのか。お前は物好きだな」

そのせいでつい言葉がキツくなってしまった。

「別にいいでしょ。失恋も立派な青春よ」

「……………そうかもしれないな」

今まさに失恋を味わっている俺は、複雑な思いで同意する。

「じゃあそういうわけで、食べ終わったら告白場所に向かうからね。ここのすぐ近くだから、そこまで護衛よろしく」

覚悟を決めた顔で零奈はそう言った。

「護衛はもちろん請け負うが……もう相手を呼び出してあったのか？」

俺は無理やり気持ちを切り替えて頷き、最後に残ったハンバーガーの欠片を口に放り込む。

「あはは……まあ、行けば分かるわよ」

零奈は何故か言葉を濁し、最後の一口を食べ切った。

買ったばかりのワンピースに汚れがつかないように慎重に手を拭き、彼女は席を立つ。

「——了解した。とにかく、最後まで見届けてやる」

言葉に出して、ようやく俺も覚悟が決まった。

俺は零奈の〝青春〟を実現させたいと本気で思っている。思いを遂げた時の彼女の表情をまた見たいと願っている。

零奈は告白が絶対に成功しないと言っていたが、相手にどんな柵があったとしても可能性はゼロじゃない。

そうなった時でも、俺はきっと喜べる。

何故なら恋が叶った時の零奈は、今まで見たことがないほどの輝く笑顔を見せてくれるはずだから。だから——。

「頑張れ」

俺も席を立ち、彼女の頭をポンと叩いて言う。

「……うんっ！」

笑みを浮かべて零奈は頷く。


――ドォォォン……！


だが、異変は唐突に訪れた。

どこかから爆発音が響くと同時に、建物がビリビリと振動する。

さらにブツンという音と共に辺りが真っ暗になり、零奈は戸惑いの声を上げた。

「え？　て、停電？」

周囲からも悲鳴が上がり、ガシャンという食器が落ちる音が聞こえてきた。

「っ――零奈！　俺から離れるな！」

俺はそう叫んで彼女を引き寄せると、知覚系スキルで周囲を警戒する。

――気配は……数えきれない。けど敵意感知と危機感知に反応はない。

しばらくすると暗闇に目が慣れてきた。ショッピングモール内は窓が少ないが、出入り口などから射し込む光はある。そのおかげで物の輪郭ぐらいは識別できた。

「ルガー……何が起こったの？　他の魔術師とか……魔神の攻撃かな？　それともこれが

羽井戸さんの言ってた大変なこと……？」

零奈は俺の服をぎゅっと摑みながら呟く。

「分からない。ともかくここを出て状況を確認した方がいい」

そう言って俺は止まってしまったエスカレーターの方に彼女を誘おうとした。

ガシャン！

しかしそんな俺たちの前に、突如として何かが——人間ほどの大きさのモノが落下する。

「きゃあっ⁉」

悲鳴を上げて零奈は俺に強く抱き付いた。

「マネキン、か……？」

落下時の硬質な音で人間ではないのは分かっている。だがそれは、ただのマネキンでもなかった。

ギギ……。

軋みを上げて、人の形をしたモノが動く。暗いので他の客はまだ気付いていないようだが、それは確実に自らの力で駆動していた。

その姿を目にした零奈は驚きの声を上げる。

「これってもしかして……アムドちゃんの使い魔？」

そう——そのマネキンのようなモノは、俺たちが戦ったことのある金属人形。

しかしよく見れば全身に亀裂が走り、左足は完全に砕けている。

ギギ、ギギギギ……。

金属人形は不気味な軋みを上げながら床を這い、こちらに手を伸ばしてきた。

その様子はまるで俺たちに助けを求めているようで——。

「…………」

零奈が俺から離れ、金属人形に近づこうとする。

「お、おい！」

俺は慌てて彼女の腕を摑み、引き留めた。

「そいつから敵意は感じないが、嫌な予感がする。俺たちの目的を優先するなら——」

「分かってる。関わらない方がいいよね。でも——ダメだよ」

零奈は俺の言葉を遮り、首を横に振る。

「この子、助けてって言ってる。声はないけど……きっとそう訴えてる。だから、助けなきゃ」

「どうして……」

「だってわたし、あの人や——ルガーみたいな人になりたいから。ここでこの子を見捨てたら、あの人に告白する資格がなくなっちゃうよ」

それを聞いた俺は、諦めの息を吐く。

「――それなら、仕方ないな。ただし、触れるのは俺だ。零奈は俺の後ろに隠れていろ」

「う、うん」

　零奈は頷き、前に出た俺の服を後ろからぎゅっと掴んだ。

「………行くぞ」

　俺は慎重に手を伸ばし、カタカタと震える金属人形の手を握る。

　その途端、音が消えた。

　停電で混乱する客の声や子供の泣く声。様々な雑音が唐突に掻き消えて、辺りに静寂が満ちる。

　辺りを見回してみると、零奈の他には誰もいない。いや、それどころか――景色が一変していた。

　ショッピングモールの中であることは同じだが、天井にはいくつも大きな穴が空き、床に瓦礫（がれき）が散乱している。その周辺には砕けた金属人形が数えきれないほど転がっていた。

　こんな風に〝世界が切り替わる〟のは初めての経験ではない。これは――。

「結界……か？」

　俺が呟くと、零奈は頷く。

「うん、たぶん。ルガーがその人形に触れたことで、位相結界の中に引き込まれたんだと思う」

ギギ、ギギ、ギギギギギ……。

するとと金属人形が俺から手を離し、一際大きく天井が崩落している場所を指差した。そしてそこで力尽きたように倒れ伏し、動かなくなってしまう。

「あ……」

零奈は慌てて人形の傍に駆け寄る。

「……魔力が完全になくなってる。たぶん最後の力でわたしたちをここへ連れてきたのね」

そう呟いた零奈は、人形が指し示した方に視線を向けた。

「あっちに何があるのかな……」

俺もそちらを見つめ、感知系スキルで状況を確認するが――。

「っ……⁉」

全身に突き刺さるようなこの感覚は、空間全体に満ちた敵意。そして足元から這い上がってくる寒気は、ここが危険であることを示すサインだ。

気配感知は、あたりに散らばった金属人形が引っかかるせいでいまいち当てにならない。だがここには間違いなく俺たちの敵がいる――。

「俺が前を歩く。零奈は俺から絶対に離れるな」

「う、うん」

頷いた零奈と共に、俺は金属人形が示した崩落地点に向かって歩き出す。

零奈は後ろから俺の制服をぎゅっと摑み、後を付いてきた。

天井の大穴からは赤い光が射しこんでいる。

現実ではまだ午後三時前で、夕焼けには早い。ならばあの光源はいったい……。

寒気が強くなる。

危険に近づいている証拠だが、今は金属人形が何を示したのか確かめなければ状況を摑めない。

「あれは……」

大穴の下に近づくと、積みあがった瓦礫の中に大量の金属人形が交じっていることが分かった。どれも完全に壊れているらしく、ピクリとも動かない。

だがあの中に何かがあるのかと、俺は大穴から射し込む光の中に足を踏み入れようとする。

「……待て。その光に触れるな」

しかしそこで掠(かす)れた声が耳に届き、俺は動きを止めた。

「ルガー、そこに誰かいるわ」

零奈が声の聞こえてきた方向を指差す。

そこにも金属人形が折り重なった山ができていたが、その中程で何かがもぞもぞと動いていた。

警告に従って、俺たちは光を避けてそちらに近づく。

するとと壊れた金属人形の山にもたれかかるようにして、一人の幼い少女が倒れているのを発見した。

「アムドちゃん！」

零奈が少女の名前を呼ぶ。

そう、そこにいたのは魔神アムドゥスキアス。だが全身血まみれで、左足はおかしな方向にねじ曲がっている。確認するまでもなく瀕死の状態。気配も他の金属人形に紛れてしまうほど弱々しい。頭部からの出血によって、額に貼っていた絆創膏も剝がれ落ちている。

「……静かにせよ。奴に気付かれる」

けれどアムドは鋭い眼光で慌てふためく零奈を射竦めた。

「っ──で、でも……アムドちゃん……大丈夫、なの？」

声を抑えて零奈は問いかける。

「余と、配下たちの有様を見て……大丈夫だと思うか？」

自嘲気味に笑うアムドは散乱する金属人形たちを視線で示した。

「だ、だよね……そうだ！　ルガーなら何とかできるんじゃない？　わたしを助けてくれた時みたいに」

零奈は俺の方を見て問いかけてくる。

「……いいんだな？」

いずれ必ず敵対することになる相手を治療することについて、俺は確認を取った。

「うん。前にも言ったでしょ？　わたしはちゃんと先のことを考えてるわ。それにこんな状態のアムドちゃんを放っておけないもの」

今後、他の魔神に対抗していくためには、アムドとの協力関係が必要だ。それに金属人形の手を握った時点で、俺たちは選んでしまっている。

「分かった」

俺は頷いてアムドに手を翳(かざ)した。

「術式(コード)リザレクト」

スキルを発動すると、緑色の光がアムドの全身を包み込む。そして時間が巻き戻るかのようにして傷が消え、折れていた足も治り、血で汚れていた服まで元に戻った。

「おお……このような権能も備えておるのか。おかげで……かなり楽になった。だが魔力が枯渇しているゆえ、ほとんど動けぬことには変わりないが」

アムドは感嘆の息を吐き、復元した自分の体を眺める。

「礼ぐらい言ったらどうだ？」

溜息を吐いて俺はアムドを見下ろした。

「ふむ……確かに、肝心なことを忘れていた。そこに膝をつき、顔を寄せろ」

「…………」

何故俺が命令されるのかと思いながらも、とりあえず片膝をついて屈み込む。

するとアムドは微かに震える腕を俺の首に回し――残った力を振り絞るようにして頭を上げた。

ちゅっ――と頬に柔らかな感触。

「は？」

呆然とする俺からアムドは手を離し、再びバタンと倒れ伏す。

「今のがルガーへの礼だ。そして零奈よ、お前にも感謝する……最後の力で配下を遣わしたが……まさか応じてくれるとは思っていなかった」

アムドは零奈の方を見て素直に礼を言う。

「あ、う、うん……だって、すごく助けを求めてる感じだったし……」

そう答えながら、何故か零奈は俺にジト目を向け、頬を膨らませていた。

アムドのキスについて何か思うところがあるようだ。

――嫉妬してくれているのか？

たぶん異性としてではなく、自分の魔神に対する独占欲だとは思うが、何だか妙に嬉しくなる。ただ、嫉妬だとすれば……ここで照れた反応をしては零奈の機嫌をさらに損ねるだろう。

——キスって言っても頬だし、相手は魔神で幼女だし、気にするな……気にするな……冷静になれ。

頬に残る感触にどぎまぎしていた俺だったが、必死で自分に言い聞かせて平常心を取り戻す。

「アムド、配下というのはあのボロボロだった人形か」

キスなど微塵も気にしていないという風を装って、俺は重々しい口調で問いかける。

そんな俺を見た零奈は、まだむすっとしながらもアムドの方に向き直り「やっぱりアムドちゃんがわたしたちを呼んだんだね」と言った。

「そうだ。奴が表層世界へ干渉するタイミングに合わせて、あの配下を紛れ込ませた。結界の外に連絡する手段は他になかったからな」

小さく頷いたアムドは、天井の大穴を気にする素振りを見せる。

「さっきも〝奴〟と言っていたな。それは——」

「ああ、この街にいるもう一人の魔神…… 〝刻印〟を見たゆえ、名も分かった」

それを聞いた零奈が首を傾げた。

「刻印？」

「——真魔(しんま)であることを示す……証のようなものだ。余の額にもある」

確かにアムドの額には魔法陣のような印が刻まれていた。額に貼っていた絆創膏はそれ

を隠すためのものだったのだろう。

「奴の名は……べリアル。紛れもなく〝王〟の位階を持つ特別な真魔。それが……余とお前たちの敵だ」

そう言うアムドだったが、そこで大きく溜息を吐く。

「……だが、もはや余は戦えん。ルガー……強大なる人魔よ。お前に後を託すしかない」

「普通に考えれば、一旦撤退するべきだと思うが」

俺がそう提案するとアムドは笑う。

「それができれば苦労はしない」

その時、視界の隅で光が瞬いた。

「っ⁉」

数十メートル離れた場所を赤い光が貫き、建物全体が鳴動する。

小さな瓦礫が飛んできて、俺は目を庇った。

「な、何が起きたの⁉」

驚く零奈にアムドが答える。

「奴の……表層世界への攻撃だ。あの光に突っ込めば外に出られなくもないが……そちらに転がり出た配下の有様を見ただろう？　無事では済まん。生き残れたとしても奴の魔力に侵食され——余の主のように呪われる」

ボロボロだった金属人形の姿を思い出し、俺はごくりと唾を飲み込んだ。

確かにあれが脱出経路だとすれば諦めるしかない。防御スキルを使ったとしても、その効果時間内に外へ出られなければおしまいだ。

「――やるしかないということか。だが正直、状況が分からない。今いったい何が起きている？」

俺は逃げることをひとまず諦め、状況を打開するための情報を要求する。

アムドは赤い光の射し込む大穴を見上げ、話し始めた。

「……昨日、爆発の現場を確認しに駅前へ赴いた余は、この結界に引き込まれた。ずっと強大な魔力の気配を感じてはいたが、姿を捉えられずにいた理由がそれで分かった……奴――ベリアルはずっと、現実とは位相がズレたこの場所に潜んでいたのだ……」

そう説明したアムドだったが、そこで小さく首を横に振る。

「いや……正確にいえば、潜んでいたというよりも……ここから出られなかったというべきか」

その言葉に零奈が眉を寄せた。

「え？　でもここってそのベリアルが作り出した位相結界なんでしょ？　出られないとかおかしくない？」

するとアムドは苦笑を浮かべる。

「……実際にベリアルを見れば分かることだが、奴の姿は〝まとも〟ではない。恐らく召喚に失敗している。よほど主が未熟だったのだろう。そのせいでベリアルは表層世界まで辿り着けず、形も定まらぬままこの位相空間に留まっているのだ」

「主が未熟……」

そう呟く零奈の脳裏には羽井戸夕陽のことが過ったはずだ。

やはり彼女が召喚主である可能性は高い。

「だが、ベリアルが強大な魔神であることには変わりない。奴は結界の中にいながら、表層世界に呪いを振り撒いている……それが最近頻発している異変の理由に違いあるまい」

――ドンッ！

また遠くで赤い光が瞬き、建物が揺れた。

「あの調子でベリアルが魔力の放出を続ければ……今日中にこの位相結界は崩壊し、表層世界と重なり合う」

深刻そうに語るアムド。

「そうなれば、どうなる？」

俺の問いかけに、アムドは重々しい声で答える。

「まずはここでの破壊が現実にも反映される。それで街のほとんどは壊滅し、生き残った人間もベリアルが撒き散らす魔力で死に絶えるだろう。そして昨日も言ったように、基点を失った世界は崩壊を始め、終末が訪れる」

「…………なら、やるしかないか」

俺は深々と嘆息し、大穴の向こうを見上げた。

「ルガー？」

零奈が不安そうに俺の名を呼ぶ。

「告白はこの近くでするんだろう？　だったら壊滅してもらっては困る。せっかく服を買って準備したのに、最後の願いが叶えられなければ意味がない」

俺は自分自身にも刻み込むように、これから〝戦う〟理由を語った。

やることは単純だ。魔神ベリアルを倒し、零奈を告白場所まで送り届ける。ただそれだけ。

「――うん、そうだね。分かった、じゃあわたしも……」

頷き、立ちあがろうとする零奈だったが、俺はそれを制止した。

「いや、零奈はここに残れ」

「え？　な、何で⁉」

信じられないという顔する彼女に俺は言う。

「本気で戦うのなら、一人の方がいい。アムド――零奈から魔力の供給を受ければ、少しは動けるようになるか？」

そう問いかけると、アムドは俺の意図を察した表情で頷いた。

「……うむ。戦闘は難しいが、お前の主を守ることぐらいなら容易い。余に任せておけ。これは命を救われた対価であり、魔神アムドゥスキアスとしての契約だ。決して違えぬ」

彼女の瞳には真摯な色が宿っている。

この魔神を本当に信じていいかは分からない。だがベリアルの前に零奈を連れだすのと、ここに残していくのを天秤に掛け、よりリスクの低い方を選択するしかなかった。

「じゃあ、頼んだ」

俺はアムドに零奈を委ね、歩き出そうとする。

「ちょっとルガー！　勝手に決めないでよ！」

しかし零奈は不服そうに俺を呼び止めた。

「……これがお前の願いを叶えるために、最も有効な手段だ」

「そ、そうかもしれないけど……何だかルガーがこのまま帰って来ないような気がして……わたしの願いを全部叶えたら、あとはどうでもいいとか思ってたりしない？」

「それは——」

特にそんなことを考えてはいなかったのだが、零奈に指摘されるとそれが本心かもしれないと思えてくる。

通り魔に刺された時もこうだった気がした。

魔神ルガーとして最後まで戦ってやろうと――そんな想いで〝阿久津恭也〟は通り魔に向かっていった。

「ちゃんと告白ができたとしても、まだ学校に通うってお願いは残ってるんだからね？　ちゃんと通わないとダメって言ったのはルガーなんだから、絶対……無事で戻ってきてよ？」

「……分かった。必ず戻ってくる」

俺がいなくなれば零奈はすぐに殺されてしまうはずだ。だから俺は決して死ぬわけにはいかない。

生き残る覚悟を自身に刻んだ俺に、アムドが言う。

「あの赤い光はベリアルの〝視線〟だ。触れた瞬間に敵として捕捉される。間違ってもその穴から外へ出るなよ」

「――了解した。二人を巻きこまないよう、なるべく離れた場所から仕掛ける」

俺は頷き、足を踏み出した。

背中に零奈の視線を感じながら、暗いショッピングモールの中を歩く。

しばらく進んで振り返ると、赤い光が差しこむ大穴はかなり遠くなっていた。天井には他にも穴が空いているので、それを避けて零奈たちから可能な限り距離を取る。

「とりあえず一番上の階まで行くか」

あの光がベリアルの視線だというならば、奴はショッピングモールの上にいるはずだ。

止まっているエスカレーターを上ると、そこはシネマコンプレックスのチケット売り場だった。だがもちろんカウンターは無人で、電光掲示板も消えている。

一人でダンジョン攻略をしているような気分だ。

暗い中で案内板に目を凝らすと、ここから上はシアターと立体駐車場しかないらしい。

シアターの方から外へ出るのは難しそうだったので、俺は立体駐車場の区画に足を向けた。

駐車場へと繋がる扉を開くと、生暖かい風が頬を撫でる。

屋内はほとんど窓がなかったが、駐車場からは鉄柵越しに外の景色が見えた。

「これは――」

赤い光に照らされた街からは、煙が立ち昇っている。立体駐車場にも階下まで貫く大穴が開いており、巻き添えになった車の残骸が辺りに飛び散っていた。

――この破壊が現実に反映されたら、確かにすごいことになるな。

車用のスロープを通って最上階まで来ると、圧し掛かるような大きな気配に足が竦む。

昨日、万全のアムドゥスキアスと対面した時も外見にそぐわない気配に圧倒されたが、今回はそれ以上。

ベリアルが別格の魔神だというのは本当らしい。

「……ここから狙えるか？」

俺はベリアルの気配がする方向に腕を向ける。

天井の向こうに、確かに奴の気配はあった。けれど——。

「アムドみたいに気配と実際のサイズが一致していなかったら……おしまいだな」

腕を下ろし、俺は溜息を吐く。

やはり自分の目で直接捉えてから攻撃するべきだろう。

——防御スキルを展開しながら外に出て、遠距離攻撃スキルを詠唱……確実に初撃を当てるのが堅実か。

頭の中で戦術を組み立てつつ、自分が意外なほど冷静なことに不思議な気分になる。

——ティルナノーグにいるみたいだ。

今の感覚は魔神ルガーとしてソロプレイをしていた時に近い。

もちろんこれはゲームではないのだけれど、現在のコンディションは悪くなかった。意識が研ぎ澄まされていくのを感じる。

もう少し危機感を持つべきかもしれないが、恐怖で思考が鈍るよりはマシだろう。

「屋上に上がれる場所は……」

俺は立体駐車場を彷徨(さまよ)い、階段を探す。

すると駐車場の奥で、柵に囲まれた階段を発見した。本来は関係者以外立ち入り禁止の場所だろうが、近くに大穴が開いている影響で柵の一部がなぎ倒されている。

俺は慎重にその階段を上るが、階段の折り返し地点である踊り場に赤い光が射し込んでいるのを見て、足を止めた。

この先はもうベリアルの目が届く領域。

――ここへ踏み込むと同時に、さっき組み立てた手順で攻撃を叩きこむ。

「ショートカットを付け替えられたら楽なんだがな」

俺はぼやきつつ気持ちを整えた。

詠唱を省略して発動できるショートカット枠に登録できるのは、三節以下の詠唱スキルを四つまで。本来ならこの四つを相手によって付け替えて挑むのだが、今はそうした〝設定〟を行えない。

――魔神は最初に備わっている権能しか使えない。現代の魔術を新たに習得することもできない……か。

これは以前アムドが言っていたこと。つまり魔神は召喚された時点の状態から〝変われない〟のだろう。だからティルナノーグ内では当たり前にできたキャラクターカスタマイズも行えない。

なので現在のスキル構成で挑むしかないのは分かっているが――。

一つだけ気がかりなことがあった。

それは先ほどアムドに〝リザレクト〟を使用した時のこと。あのスキルは対象を完全回復させるスキル。しかしアムドの外傷は癒えたものの、魔力が枯渇していて動くことはできなかった。ゲームならMP（精神力）が尽きても活動に問題はない。だが俺たちのような魔神にとって、魔力はHP（体力）とMP（精神力）を兼ねたものである可能性がある。

「魔力の補充は零奈にしかできない……スキルの使い過ぎで自滅はしたくないな」

だが、力を出し惜しみしている状況ではない。

今はやれるだけのことをやるだけ。

「すぅー……はぁー……」

一度大きく深呼吸してからタイミングを計る。

——奴は今、あの赤い光で辺りを破壊している。仕掛けるなら奴が攻撃を放った直後。

硬直時間のようなものがあるかは分からないが、上手くいけば隙を突けるだろう。

集中しながら十数秒……その時は訪れた。

チカッ——と一瞬、射し込む光が強くなる。そしてほぼ同時に建物がビリビリと振動した。

——今だ！

俺は勢いよく階段の踊り場に飛び出しながら、頭上に手を翳して防御スキルを発動。

「術式（コード）イージス！」

空中に魔法陣が自動展開し、光の壁を作り上げる。

その防壁越しに、俺は魔神ベリアルの姿を捉えた。

「っ⁉」

アムドが〝まとも〟ではないと言った意味を理解する。

ショッピングモールの直上にあるのは、赤く輝く巨大な眼球。その瞳に浮かび上がる魔法陣のようなものが、アムドの言っていた刻印だろう。さらに眼球から伸びる視神経の束から六枚の翼が生え、それを昆虫の脚のようにして周囲のビルの屋上に突き立てている。

――これが召喚に失敗した魔神の姿。

ベリアルはその禍々しい眼球を俺に向け、瞳を収縮させた。

見つかった！

その不気味な姿と迫力に圧倒されるが、アムドのおかげで心構えはできている。閃光を放った直後であるためか、即座に攻撃は来ない。

「詠唱入力――」

俺はベリアルに向けて右手を翳し、長距離攻撃スキルの詠唱を始めた。

「願うは宙の王。虚ろの闇にて永久に微睡む者。その夢の深淵より嘆きの炎を――」

紡ぐのはロングレンジでは最大の射程と威力を誇る魔法。

「我が望みを阻むものに贖いを、彼の罪もろとも灰燼に帰せ！」

　実戦では使いどころが難しいショートカット登録不可の五節詠唱スキルを、防壁の効果時間内に唱え終わる。

　ベリアルの瞳には刻印が眩く輝いていた。何かするつもりなのかもしれないが、俺の方が早い！

「術式インフェルノ‼」

　防壁の消失と同時にトリガーとなるスキル名を叫ぶ。翳した手の前に魔法陣が展開し、そこから黒い炎が溢れ出た。

　渦を巻いた炎は竜のようにベリアルの眼球に向けて駆け上がる。

　だが着弾までのわずかな時間に、俺は見た。

　ベリアルの眼球の前にも魔法陣が展開し、それが凄まじい勢いで書き換えられていくのを。

　そしてその魔法陣に黒炎が激突する。

　すると突然、立ち昇る炎が消失した。

「な――」

　防御されたのなら、爆発が起きるはず。何が起こったのか分からずに硬直していると、ベリアルの魔法陣が眩い光を放つ。

　ぞわりと悪寒が走った。危機感知スキルが最大級の警告をしている。

そこで俺は気付く。ベリアルの魔法陣は、俺がインフェルノを放った時に展開した魔法陣と同じ模様を描いていた。

——まさか……！

直後、魔法陣から黒い炎が放たれる。

「っ——」

魔法の反射。いや、解析されて乗っ取られたのか？　これがベリアルの能力？

落ちてくる黒炎を前にして様々な疑問が溢れた。

俺がいるのは屋上へ通じる階段の踊り場であるため、周囲に逃げ場はない。なので俺が取れる手段は一つだけ。

「術式（コード）、イージス！」

頭上に手を翳し、光の防壁を展開する。

ドンッ‼

黒炎が防壁に衝突し、轟音（ごうおん）が響き渡った。

イージスは効果時間内であればどんな攻撃も遮断する最強の防壁。しかし指定した方向にしか展開できず、効果範囲も狭い。

その結果、何が起きるかを——俺はもう理解していた。

直撃を防いだ炎が防壁に沿って流れ落ちる。そして周囲を埋め尽くした炎は、防壁の傘の中にいる俺へと襲い掛かってきた。

「があああああっ――――！」

全身を焼く炎の熱さと痛みに絶叫し、目の前が真っ白になる。

――まあいい。〝初見〟はこんなものか。

やはり零奈を連れてこなくてよかったと思いながら、俺は〝一旦〟意識を手放した。

第四章　あの日の君に告白を

Arch enemy school life

1

——ドォン……！

遠くから響いてきた爆発音を聞き、水瀬紗々良は病室の窓へと視線を向けた。

「また何かあったみたい……ホント最近物騒だよね」

そう呟くと、ベッドで寝ていた彼女の友人が笑う。

「不安なら——今日だけでも街を離れることをお勧めしますわ。ひょっとすると今夜、この街は大爆発で吹き飛んでしまうかもしれませんわよ」

「あはは、何それ。藍里も冗談言うのね。初めて知ったかも」

紗々良もおかしそうに笑って、友人——藍里の方に向き直った。

「冗談のつもりはないのですが……まあ基点の崩壊は世界の終末と同義ですし、意味のないアドバイスだったかもしれません」

藍里は真面目な顔で言う。

「藍里ってよく謎なこと言うよねー。やっぱ歌とか作ってると、頭が詩的モードになる感じ？」

「はい……そうですね。世界の本当の姿をどうやって上手く伝えようか、いつも考えていますから」

「やっぱ藍里は面白いわ」

　けらけら笑いながら紗々良は言葉を続ける。

「住む世界も、タイプも違うのに、よくあたしら友達になれたよね」

「……それは縁というものだと思いますわ。ＶＲゲーム初心者だったわたしがフィールドで困っていた時、紗々良が声を掛けてくれなかったらこうしてはいませんもの」

「だねー。それがあのＧＵＮ－ＢＲＥＬＬＡ（ガンブレラ）のボーカル、風野（かざの）藍里だったんだからびっくり仰天だったわよ。しかも突然あたしが住んでる街に引っ越してきて、さらに驚いたんだから！」

　紗々良は思い出を振り返りながら語った。

「本当は同じ学校に通えるはずだったんですが……オフ会の場所が病院になってしまい、申し訳なかったです」

「別に謝らなくていいって。早く退院して学校に来ればいいだけよ」

　強い口調で紗々良は言い、病室を見回す。

「そういや今日はあのちっこいのは来てないわけ？」

「……アムドちゃんのことですか？　はい、少し用事があって――」

そこで少し表情を曇らせた藍里だったが、それを誤魔化すように紗々良へ問いかける。

「それよりも昨日話してくださった殿方の件はどうなりましたの？」

「ああ、あいつ？　それがね、今日も屋上までよじ登ってきて――」

紗々良は屋上で会った奇妙な男子生徒のことを語り始めた。

「……ホント図々しくて偉そうで、わりとガチでムカついてるの！　でも……」

「でも？」

言葉を切った紗々良を藍里は促す。

「何か分かるの。明日もあいつは屋上に来るって――それが当たり前なんだって……」

それを聞いた藍里はしばらく考えてからこう言った。

「恋ですわね」

「ち、違うわよ！　絶対にそんなんじゃないんだから！」

顔を真っ赤にして紗々良は病室の中で叫んだ。

2

「……今のうちに言っておこう。信じて貰えぬやもしれぬが、お前を狙ったのは余の独断だ」

暗いショッピングモールの中で、アムドは零奈から魔力の供給を受けながら言う。

「アムドちゃんのご主人様は知らなかったってこと？」

零奈はアムドを膝枕した体勢で問い返した。

「ああ……主が呪いに倒れ、余は焦ったのだ。原因たる魔神を急いで倒さねば主は死ぬ。そのために基点の奪取を――お前の殺害を試みた。余の主には軽率な行動を控えるよう言われていたにもかかわらず……な」

「そっか――アムドちゃんはそんなにご主人様のことが好きなのね」

アムドの柔らかな金髪を指で梳きながら、零奈は笑う。

「……今の話を聞いて、何故そのような感想になる？」

「え？　だってアムドちゃんは命令違反をしてまでご主人様を助けたかったんでしょ？」

「それはそうだが……」

「ほら、大好きじゃない」

「…………」

アムドは複雑な表情で黙り込んだ。

「でもよかった――魔神もちゃんと人間のことを好きになってくれるのね。ルガーもわたしのこと、大切に想ってくれてるかなぁ」

「当然、そうだと思うが」

アムドは短く相槌を打つ。

「え、ホント⁉　どうしてそう思うの？」

「……見ていれば分かる」

呆れ交じりにアムドが答えると、零奈は頬を赤くした。

「そ、そっかぁ……えへへ……」

嬉しそうに微笑んだ零奈は、弾んだ声でアムドに問いかける。

「ねえねえ、アムドちゃんはご主人様のどこが好きなの？」

その問いに目を丸くしたアムドだったが、興味津々の零奈を見て仕方ないと嘆息した。

「……余は音に惹かれる性質を持つ真魔だ。召喚に応じたのも、本気で力を貸す気になったのも、主が紡ぐ音楽が——歌が、余の琴線に触れたからだ」

「歌？　アムドちゃんのご主人様は音楽をやってる人なの？」

「ああ……とても美しい歌を奏でる。余の楽団——植物から作り出す〝金管の配下〟たちは、それぞれが楽器であり奏者でもあるのだが——それと共に紡ぐハーモニーは、まさに天上の調べであった」

そこでアムドは零奈の顔を真っ直ぐに見上げ、口元に笑みを浮かべた。

「余は少しでも長く主に歌っていてほしい。そのために一度は命を狙った相手に、図々しく共闘を申し込んだが……すまぬな、結局ルガー一人に戦わせることとなった」

言葉を一旦切り、アムドは目を伏せる。

「……魔力とはあらゆる奇跡を実現させる万能のエネルギーであり、魔術や魔神はその奇跡の形を定める器。その点において、ルガーはとても優秀な出力装置だ。しかし先ほど余に施した〝復元〟のように、奇跡が高度であるほど魔力を大きく消費する」

アムドは復元した自分の体を眺めながら言葉を続けた。

「つまりルガーはかなり燃費が悪い魔神だと言えよう。だからこそ余がサポートするべきだったのだ。正直に言って……あやつ一人だけでは、勝ち目が薄い。今日この街は――世界は、終焉を迎えてしまう……」

「大丈夫だよ、アムドちゃん。ルガーは勝つから」

零奈は迷いなく断言する。

「……大した自信だ。奴には何か奥の手でもあるのか？」

訝し気にアムドは問いかけた。

「ううん、それは知らない。でもわたし、ルガーを信じるって決めたから」

そう言って彼女は天井の大穴を仰ぎ見る。

赤い空に光が瞬く。

ドォォォォォン!!

轟音(ごうおん)が響き渡り、かつてないほどの揺れがショッピングモールを襲った——。

3

ティルナノーグにおける〝魔神〟は、ゲームをプレイする上で決して有利な職業ではない。むしろ縛りプレイ、ハードモードを自らに課すクラスだ。

魔神へのクラスチェンジは、他プレイヤー全ての敵となることを意味する。

ゲーム内のチャットに入れなくなることで情報的な締め出しを喰(く)らい、さらに他プレイヤーとのアイテムトレードが制限され、パーティーを組むことすらできなくなってしまう。

極め付けはデスペナルティの付与。

普通のプレイヤーは体力がゼロになり、復活可能時間を過ぎると、自動的に拠点へと戻される。その際、特にデメリットは何もない。

しかし魔神の場合、ゲームオーバー時に装備品とアイテムを全てその場に〝落とす〟。

つまりは魔神を倒した者への報酬——ドロップアイテム扱いになるわけだ。

最高クラスの装備品は、一つ一つが入手のために膨大な労力を要する。それを失えば、元の状態への復帰は難しい。

いくら魔神が強力なスキルと高いステータスを兼ね備えていても、あまりにリスクが大きすぎる。

魔神のクラス特性を確認した時、これは〝モンスター〟になり切って遊びたいプレイヤーに向けた、オマケ要素だと理解した。効率重視のまともなプレイヤーなら見向きもしない職業だろう。

けれど転職に迷いはなかった。

元から他プレイヤーとの交流はほとんどなかったので、俺の日常には何も変化はない。

それまでのようにプレイヤーたちを狩り続ける日々。

ただ、敗北した時のリスクが増しただけ。

負ければ全てを失う戦いを、毎日、毎日、繰り返す。

単純に名を上げたい者や、自警団紛いのプレイヤー、リベンジが目的の討伐軍や、ドロップアイテム狙いのＰＫ（プレイヤーキラーキラー）などに、襲撃を受ける回数も増加した。

相手は人間なので行動や対処法をパターン化することはできない。常に相手を観察し、分析し、最善の行動を取らなければ、簡単に窮地へ追いこまれる。デスペナルティの存在が焦りを生み、精神を消耗させる。

そんな戦闘をひたすら繰り返すことは、人によってはただの苦行だろう。

けれど俺は楽しかった。

デスペナルティのリスクを背負ったことで〝生きている〟実感が増した。

精神は確実に擦り減り、消耗していく。けれど削れて薄くなった心は鋭くなり、俺は前よりも強くなった。

毎日、毎日、毎日、毎日、人間を狩る。

俺に向けられる敵意を、より大きな悪意と力で圧し潰す。

ただ、ＰＫ(プレイヤーキラー)を続ければ続けるほどに俺の情報は出回り、分析され、様々な対策が講じられた。

次第に〝おしまい〟が近づいてくるのを感じ、ティルナノーグでの〝死〟を意識した。

意識すると、とても怖くなる。

それほどまでに魔神ルガーとして積み上げたモノは、俺の……たった一つの〝誇り〟のようなものになっていた。

――死にたくない。終わりたくない。

そう願いながら戦い続けた日々の果て……カルマ値を増大させ続けたルガーは新たなスキルを獲得する。

それは俺の願いが形になったかのような力。

魔神として生き続けたプレイヤーを〝モンスター〟から〝ボスモンスター〟に格上げす

るに等しい強力な固有スキル。

その効果は——。

古い夢から醒め、俺が最初に取り戻した感覚は——痛み。

「————」

凄まじい激痛に悲鳴を上げようとするが、声が上手く出ない。

続いて視覚が戻ってきた。

赤く染まった空と周囲に積みあがる瓦礫（がれき）。

遥（はる）かな高みには、翼の脚の先端が見える。ベリアルの眼球は建物に隠れているようだ。

少し視線を動かすと、溶け落ちた立体駐車場の断面が目に入った。

どうやら黒炎の直撃によって、俺がいた区画は崩落したらしい。俺が燃え尽きずに済んだのは、防壁で直撃を免れたおかげだろう。

けれど痛みがひどく、体を動かせない。いや……そもそも、俺の手足はどこにいった？

「っ……」

俺は自分がとても無事とは言えない状態にあることを悟る。

——覚悟はしていたが、思っていた以上にキツいな。

相手が別格に強い魔神だと聞いていたので、一度死ぬぐらいは想定内だ。

ただ痛覚がある分、ティルナノーグとは勝手が違う。

——さすがにこれ以上、死ぬわけにはいかないな。

俺はそう考え、〝それ〟が起こるのを静かに待った。

ガラガラガラ——。

その時、小さな瓦礫が崩れる音が聞こえてきて、俺の視界に黒い影が入り込む。

——まさかベリアルの追撃か？　だが今なら〝無敵時間〟で凌（しの）げるはず……。

俺は少し焦るが、聞こえてきたのは弱々しい女の子の声だった。

「どうして……逃げてって言ったのに……」

ぼんやりとした影が像を結ぶ。

今にも泣き出しそうな顔で俺を見下ろすのは、皆淵（みなふち）高校の制服を着た少女——羽井戸夕陽（はねいどゆうひ）。

「それに何でこの場所にいるんですか……？　ここにはわたしとあの悪魔しかいないはずなのに……」

彼女は戸惑いと悲しみが入り交じった表情を浮かべる。

——やっぱりお前がベリアルの主だったか。

そう思うが、今はまだ声が出ない。この角度だとピンクのパンツが丸見えなのだが、それを指摘することもできない。

そこでようやく待っていたものが来た。

心臓が拍動し、俺の左胸から青い炎が吹き上がる。

ドクン――！

「きゃあっ！」

驚いた羽井戸は後ろに倒れ、尻餅をついた。

青い炎は俺の全身を包み込むが、全く熱さはない。それどころか負傷箇所の痛みがあっという間に引いていく。

燃え盛る炎の中で、俺はゆっくりと立ちあがる。失われた手足も既に復元していた。

炎はそのまま俺の体へと吸いこまれ、全身に青く輝く文様が浮かび上がる。

――よかった。〝魔神覚醒(デモン・アウェイク)〟はちゃんと発動したな。

体に力が満ち溢(あふ)れてくるのを感じながら、俺は安堵(あんど)の息を吐いた。

今の俺が魔神ルガーである以上、大丈夫だとは思っていたが――実はほんの少しだけ不安だったのだ。

ティルナノーグにおける魔神という職業には、他プレイヤーとの交流制限や敗北時のアイテム全ロストなど、大きなデメリットがいくつかある。

だがそうした制約がある中、ひたすら戦い続けることで、魔神は強力な固有スキルを獲得できた。

それが──魔神覚醒。

HPがゼロになった時に自動で蘇生するスキル。

復活可能回数は、魔神になってからのPK数──〝千人のプレイヤーをキルするごとに〟一回ずつストックされる。

必要なPK数があまりに膨大だったため、俺がゲーム終了までに溜められたストックは三回分だけ。うち一回はゲーム内で使ってしまっている。

ここではメニューウインドウを開けないので確認できないが、残りは一回分だと考えていいだろう。

「嘘……」

復活した俺を見上げ、羽井戸は呆然と呟く。

「え？　え？　いったい何がどうなって……け、怪我は……？」

信じられないという表情で俺を見つめる羽井戸に、俺は苦笑を向ける。

彼女がベリアルの主であるのはもはや疑いようがない。ならば誤魔化す必要はなかった。

「俺は──魔神だ」

自身を指差し、堂々と宣言。

そしてにやりと笑い、こう続ける。

「魔神は一度殺されたぐらいじゃ死なないんだよ」

「…………は、はあ」

魔神らしく格好をつけたつもりだったのだが、羽井戸は呆(ほう)けた様子で首を傾げた。

仕方ないので、もっと分かりやすく説明することにする。

「要するに、俺もあれの同類というわけだ」

そう言って頭上に見えるベリアルの翼脚(よくきゃく)を指差した。

奴の追撃がないのは、俺が眼球の死角にいるからだろう。

「俺は魔神だ。人間じゃない。そしてお前はあれを悪魔と言ってたが、あれも魔神だ」

「魔神……ですか？」

羽井戸はきょとんとした表情を浮かべる。

やはり彼女は何も知らないらしい。

――どうするか。

アムドなら主を殺せと言うだろう。だが彼女を殺したところでベリアルが消えるとは限らない。召喚が失敗しているのならば、俺と零奈のように魔力的な繋(つな)がりはないかもしれないのだ。ここはむしろ……。

「――俺が知っていることを全部教える。だからあれを止めるのに協力しろ」

「へ？　え？」

羽井戸は混乱している様子だったが、俺は一方的に魔神や魔術師、そして終末について話し始めた。

「世界が終わりかけてて……次の創造主(ワールドマスター)を決めるために、魔術を受け継いだ人たちが魔神を召喚して争っている……ですか。しかもわたしもその一人なんて……」

俺の話を聞き終わった羽井戸は、呆然と呟き、引き攣(つ)った笑みを浮かべる。

「な、何だか、マンガみたいなお話ですね」

その感想に俺は深く頷(うなず)いた。

「――同感だ。でも実際、お前はあれを……ベリアルを召喚しただろう?」

俺は空を横切る翼の脚を指差す。

「あの悪魔……いえ、魔神はベリアルっていうんですか」

羽井戸は自身が召喚した魔神の名前も知らなかったらしく、しみじみと呟いた。

「わたしがベリアルと出会ったのは……この街に来てすぐのことです。とても嫌なことがあって――街中だっていうのに、我慢できなくって大声で叫びました。そしたら突然辺りから誰もいなくなって……空から赤い瞳がわたしを見下ろしていたんです」

そう言いながら羽井戸は空を見上げる。

「ベリアルはわたしに嫌なことをした人がいる場所を赤い光で破壊して……気付くとまたわたしは人混みの中にいました。壊れたはずの建物も壊れなくて……でも、火事が起こっていたんです」

「召喚は完全じゃなかったが、それでもベリアルはお前の意思に応えているということだな」

　俺は相槌を打ち、羽井戸が校舎裏で俺に言ったことを思い出した。

その火事というのは恐らく地元放送局でのことだ。そして彼女の感情が爆発した地点が、偶然にも魔神を召喚できるポイントの一つだったのだろう。

「……はい。それからもわたしに嫌なことがあると、その原因がすぐになくなりました。昨日も……そう。でも、これからもあんな人達がたくさん現れるんだって思うと耐えられなくなって……つい呟いてしまったんです」

　ひどく後悔した顔で彼女は言う。

「何を？」

「この街が——なくなってしまえばいいのにって。この街がある限り、わたしはいつまでも犯罪者の妹だから」

　そこで俺は今朝彼女が〝街を出ろ〟と警告した理由を知った。

「それで今日、ベリアルが街を破壊してしまうと思ったということか」

羽井戸は苦しそうに頷く。

「……でも、さすがにやりすぎだと思いました。だからわたしを助けてくれたあなたには街を出てもらって……わたしはお願いをキャンセルできないかなとここへ来たんです」

その言葉を聞いて俺は安堵した。

「よかった——じゃあ俺たちの目的は同じだ」

「同じ……ですか」

けれど羽井戸は複雑そうな表情で言葉を濁らせる。

「あの、先ほどの話を聞いた限りだと——わたしたちはどうやっても敵同士だと思うんですが」

「それは——」

正直に説明し過ぎたかと俺は焦りを覚えた。

「なのにどうして昨日、あなたはわたしを助けたんですか?」

しかし話は思っていなかった方向に転がる。

「いや……あの時も言ったが、別にお前を助けたつもりはない。ああいうことを見ていられなかっただけだ。それにお前が魔神の召喚者だとも知らなかった」

それを聞いた羽井戸はくすりと笑った。

「あなたは変な人ですね。あのベリアルと同じ魔神だなんてとても思えません。わたし、ゲームとか結構好きなんでベリアルが有名な悪魔だってことは知ってます。あなたはいったいどんな魔神なんですか？」

その質問はひょっとすると今の俺にとって一番クリティカルな部分を突くものだったかもしれない。

零奈には散々誤魔化してきた。俺がゲーム中で魔神プレイしていただけの引き籠りだと知られたら、信頼が失われるかと思ったからだ。

羽井戸に対しても正体を明かすことはプラスにならないだろう。だから──。

「俺の名前は……ルガーだ」

名前だけを短く告げる。

もちろんそれ以上の説明はしない。ゲームの中の魔神だと言えば、確実に舐められて交渉に支障を来してしまう。

しかし俺の名を聞いた羽井戸は驚きに目を見開いた。

「え……ルガーってまさかティルナノーグの!?」

「は？」

思いがけない反応に、俺は呆気に取られる。

聞き間違いだろうか。いや、でも確かに彼女はティルナノーグと……。

「実はずっと顔が似てるなって思ってたんです！　わたし、最初に助けてもらった時から気になってて――」

「ちょ、ちょっと待て！　どうしてお前がティルナノーグのルガーを知ってるんだ？　あれは十年も前に終わったゲームのはずだろ？」

　やけにテンションの上がっている羽井戸を制止し、俺は問いかけた。

「あれ、知らないんですか？　今はティルナノーグⅡっていう続編が出てるんですよ。日本だけじゃなく世界でも大人気で、もはや完全没入型ＶＲＭＭＯ界の覇権といってもいいタイトルなんです！」

　ぐっと拳を握りしめて力説する羽井戸。

「ティルナノーグⅡ……」

「初代はもはや神話みたいな扱いで、名を残したプレイヤーはＮＰＣとして実装されたりしてるのです！　〝魔神ルガー〟もその一人！　誰とも群れることなく最後まで〝悪〟を貫いた伝説的なＰＫ（プレイヤーキラー）！　わたしの最推しです‼」

　凄まじい早口で語った羽井戸は、血走った瞳で俺を見つめる。

「で！　あなたは本当にあのルガー様であらせられるのですか⁉」

　興奮のあまり、彼女は口調までおかしくなっていた。

「まあ……お前のいう〝初代〟ティルナノーグで魔神ルガーとしてプレイしてたのは、確かに俺だが――」

「きゃーっ‼　生ルガー様⁉　嘘⁉　ホントに⁉　わー！　何これ何これ！　わたし召されそう‼」

彼女は体をくねらせて悶える。

内気で真面目そうだった最初の印象とはまるで違う。どうやら俺はかなりヤバいスイッチを押してしまったらしい。

「あ、あのあの……握手、してもらっていいですか……？」

はぁはぁと息を切らせながら、羽井戸が恐る恐る手を差し出して来る。

「別に構わないが」

この状況はいったい何なのだろうと思いつつ、俺は彼女の手を軽く握った。

「ひゃ――――」

すると彼女は上擦った声を上げ、動かなくなってしまう。

「おい？」

顔を覗き込むと目の焦点が合っていない。

「はっ――――あまりの幸福に失神していました！　ルガー様、わたし……この手を一生洗いません！」

「いや、汚くなるから洗ってくれ」

俺は溜息を吐き、突っ込みを入れた。

「わ、分かりました。ルガー様がそうおっしゃるなら……」

残念そうにしながらも、彼女は俺に熱い眼差しを注いでくる。

「な、何だ？」

「いえ、特に何もないですよ。見ているだけでも幸せなので、見ています！」

「お、おう……」

アイドルというのはこんな気分なのだろうか。

ここが結界の中で、頭の上にはベリアルがいることをつい忘れそうになってしまう。

「ルガー様は今や世界で一番有名な魔神と言っても過言ではないですから、こうやって召喚されるのも当然のことですよね！」

うんうんと一人で勝手に納得する羽井戸。

「それはさすがに過言だと思うが……ただ本当に〝ルガー〟がそれなりに有名なら、魔神として呼び出されたことに説明はつく……か？」

彼女に乗せられている気がしながら、俺は腕を組んで首を捻る。

「だから〝それなり〟ってレベルじゃないんですって！」

熱を込めて訴える羽井戸に俺は問いかける。

「――ティルナノーグⅡはずっとプレイしているのか？」

「あ、はい！　三年前にリリースされてからずっと！　わたし、両親が死んでからは親戚

をたらい回しにされてて……どこにいっても居場所がないから、ネカフェでよく時間を潰してたんです。そこで色々ネトゲをやるようになって……ティルナノーグⅡにも手を出したんですよ」

羽井戸は両親のことを口にしたところで、わずかに表情を曇らせた。

「保険金とかで、わたしそれなりにお金はあるんです。この街に来てからは、ちゃんと専用のパソコンとVR機器を揃えました。この街が壊れたら……それも無駄になっちゃいますね」

ようやく話題が〝現実〟に向いた。その機を逃さずに俺は言う。

「じゃあやっぱり、お前もベリアルを止めたいとは思ってるんだな?」

「……はい。でも、もういいよって言っても止まらないんです。たぶん……一度言った願いは取り消せないんだと思います……」

躊躇いながらも彼女は頷いた。

「だとしても、ベリアルがお前の願いに応えて動いているのは確かだ。なら、止まれと願い続けることにも意味はあるかもしれない。それで少しでも動きが鈍れば、奴を倒しやすくなる」

俺の言葉を聞いた羽井戸の肩がぴくりと揺れる。

「――ルガー様の言う〝止める〟は、〝倒す〟という意味なんですね」

その口調に俺は不穏なものを感じ、彼女の顔を見つめた。

「ああ」

俺が頷くと、羽井戸は悲しそうな表情を浮かべる。

「それならわたしは……協力できません。たとえ最推しのルガー様のお願いでも……聞けないです」

「どうして――」

「だって、ベリアルがいなくなったら……わたしはどうやって生きて行けばいいんですか？」

縋るように問いかけてくる羽井戸に俺は言葉を失った。

「この街はわたしにとって最悪な場所です。でもベリアルが嫌なものを壊してくれたから、まだ何とか生きていられます。これからもわたしを色んな人たちが攻撃してくるはずです。その時にベリアルがいなかったら……わたしはただ、殺されるだけです」

「…………」

何も言えずにいる俺に、羽井戸は自嘲気味の笑みを向けて告げる。

「わたしはベリアルを止めたいだけで、失いたくはありません。ベリアルを失うぐらいなら、この街が壊れても……たくさんの人が死んでも、仕方がないと思っています」

そこでようやく俺は口を開いた。

「仕方ないと思っているなら、どうしてそんなに苦しそうなんだ？」

「だって——自分でも、最低だって思うから。やっぱりわたしは……殺人犯、羽井戸静夜（せいや）の妹です。そんな自分が……この街と同じぐらい、嫌いです」

そう言う彼女は、今にも泣き出しそうだった。

ああそうか、こいつは——。

「……同じだな」

「ですよね、わたしは兄と同じ最低の——」

俺の呟きを聞いた彼女は表情を歪（ゆが）めるが、俺は首を横に振る。

「違う。同じなのは、俺とお前だ」

「え……？」

戸惑う彼女から視線を外し、俺はゆっくりとベリアルがいる方に向き直った。

魔力を消費したせいで体は重いが、動かすことに支障はない。

「気持ちが分かる——って言葉は好きじゃないんだが、今はあえて言う。俺はお前の気持ちがよく分かる。だからもういい。あれは俺が一人で倒す」

俺はベリアルの翼脚を見上げて宣言する。

羽井戸夕陽は誰よりも自分自身が嫌いなのだ。そんな彼女をこれ以上苦しめたくはなかった。

「ルガー様……」

「あとこれは口約束で、俺の主に後で承諾を貰わなきゃいけないが——ベリアルを倒したら、代わりに俺がお前を守ってやる。誰にもお前を……殺させない」

お節介だとは思う。後で零奈には叱られるだろう。

でも俺は……俺自身を見捨てられない。

こう宣言しておかなければ、ベリアルを倒すのをきっと躊躇ってしまう。

だからこれは必要な約束だった。

「——」

息を呑む羽井戸を置いて、俺はベリアルの翼脚の一つが突き刺さっているビルへと歩き出す。

——さあ最終決戦だ、大魔王。

4

ベリアルの六枚の翼は、ショッピングモール周囲のビルに突き刺さり、巨大な眼球を支えている。

俺はそのビルの一つを最上階まで登り、文字通り奴の〝足元〟まで辿り着いていた。

――奴は俺のスキルを〝見て〟、魔法陣を模倣した。

恐らくそのせいで発動したスキルを乗っ取られ、撃ち返されたのだ。

他の遠距離攻撃スキルを試しても、結果は同じだろう。ならば奴の眼球に攻撃を当てる方法は一つだけ。

「接近して、ぶった斬る」

俺はやるべきことを声に出し、気合を入れる。

この翼はどう見ても末端でしかない。ベリアルの本体は刻印が輝くあの眼球と考えるべきだ。

だから俺は奴の翼を攻撃するためにビルを登ったわけではない。

――ここから奴の翼を駆け上がって、眼球に一撃を加える。

天井が崩れたビルの最上階、ベリアルの〝視線〟である赤い光が差しこむギリギリのラインに立ち、俺はぐっと腰を落とした。

全身に浮かび上がった青い文様が輝く。

この文様は魔神覚醒(デモン・アウエイク)と同時に掛かる強化効果(バフ)だ。今の俺は魔神の〝第二形態〟とでも呼ぶべき状態にある。

ただ――もし零奈が今の俺を見ていたら、接近してどう攻撃するのかと質問しただろう。

何しろ俺は、召喚された時から武器の類を持っていない。

だがそれは必要がないだけ。

魔神は強力な遠距離攻撃スキルを習得できる職業だが、近接戦用の専用スキルも存在する。それがショートカットに登録してある最後の一つ。

「術式（コード）ハデス」

スキル名を告げると、俺の手に魔法陣が浮かび上がり、そこから漆黒の球体が出現した。

「第一輪郭（モード・プロトス）」

続いてその闇の〝形〟を指定する。

すると俺の手に浮かび上がった魔法陣が図柄を変え、球状の闇は片手剣の形状に変化した。

これこそ魔神の専用武器――ハデス。

使用中は常に魔力を消費するが、その性能はティルナノーグの最上位限定武器を凌駕（りょうが）する。

「っ――」

闇の剣を手に、俺は赤い光が満ちる死地へと踏み込んだ。

――零奈。俺はお前の告白を、必ず見届ける。お前の〝青春〟を邪魔するものは、俺が全て薙（な）ぎ払う。それが今の俺の価値――俺がやりたいことだ。だから――！

絶対に勝つ。

勝って、生き残る。

俺は……自分を殺すために戦うんじゃない！

積み重なった瓦礫を駆け上がり、ベリアルの翼脚に飛び乗る。

長大な翼の先にある眼球がぎょろりと俺の方を向く。

足場にした翼が動き出すのを感じながら、俺は全速力で走り出した。

斜度はほぼ直角。けれどベリアルの翼は羽が鱗のように硬く重なり合っているので、足場には困らない。

一人で超大型モンスターを狩っていた時のことを思い出す。俺はティルナノーグで他のプレイヤーを倒すことを目的としていたが、そのためには強力な装備や道具が必要だ。そうしたアイテムの素材を入手するため、本来はパーティーで挑むことが前提のモンスターに単騎で挑むことはよくあった。

だからこうした大物狩りには慣れている。

必要なのは敵のわずかな動きを見逃がさないこと。そしてその動作から次の行動を予測し、先読みして動くこと――。

敵意感知と危機感知はあくまで想定外の攻撃への備え。戦闘が始まってしまえば経験と直感による状況判断が生死を分ける。

ベリアルの瞳が収縮し、赤い光が瞬く。

来る！

攻撃予測スキルで射線を把握し、俺は大きく跳躍した。

先ほどまで俺がいた場所を眩い閃光が奔り抜ける。

自らの翼が焼け焦げることもいとわない攻撃。

さらに空中にいる俺にベリアルは視線を向けた。追撃を放つつもりなのだろう。

「術式イージス！」

俺は腕を翳し、防壁を作り出す。

だがこれは敵の攻撃を防ぐためのものではない。

空中に出現した光の壁を足場にして跳躍。

俺は再びベリアルの翼上に降り立った。

防壁がある場所に赤い光弾が放たれ、爆発する。先ほどの太い閃光ではない。強力な攻撃にはある程度の溜めが必要なようだ。

俺は爆発を横目で見ながら、ベリアルの翼を駆け上がる。

もう半分を越えた。

眼球は地上から見たときよりも遥かに大きく感じる。

接近する俺に向けてベリアルは赤い光弾を放ってきた。

だが今度は避けず、ハデスの刃で斬り払う。

意識が加速していく。次の動作への迷いが消え、ベリアルの攻撃を見た時点で既に体が動いている。

光弾は効果がないと判断したのか、ベリアルの攻撃が止んだ。

刻印が浮かぶベリアルの瞳に、赤い光が満ちていく。

力を溜めているのは分かったが、俺はこの隙に眼球との距離を詰めた。

走りながらスキル発動のための詠唱を行う。

「詠唱入力——願うは宙の王。虚ろの闇にて永久に微睡む者。我が祈りに祝福を——」

そしてついに翼のつけ根まで辿り着く。奴の眼球は目の前。ルガーの身体能力なら一跳びで届く高さ。

しかしそんな至近距離で、ベリアルはここまで蓄積していた赤い光を解き放った。

広範囲を呑み込む閃光に逃げ場はない。かと言って足を止めて防壁を張れば、ベリアルは翼を動かして俺を宙に放り出すだろう。

だから俺は立ち止まらず、あえて赤い閃光に突っ込む。

自殺行為ではない。

それを突破する準備はもうできていた。

——零奈、お前が召喚した魔神は最強なんだって証明してやるよ！

零奈にはもっと願いがあるはずだ。実現したい〝青春〟があるはずだ。

それを全部叶えてやる。たった三つで満足させない。

どんな魔神にも魔術師にも、お前の人生を勝手に終わりにさせたりはしない。

俺が――傍にいる限り！

「術式ブレス！」

まずは詠唱を終えていた〝増幅スキル〟の発動。そしてすぐさまショートカットスキルを使用する。

「拡大術式――アビス‼」

具現した球状の深淵が、赤い閃光のど真ん中を抉り取った。

穿たれた風穴の向こうで、ベリアルの瞳が驚愕したように収縮する。

最後の跳躍。

閃光の空隙を抜け、闇の剣を振り被る。

ベリアルの眼球はもはや間合いの中。

しかし振り下ろそうとする刃の先――赤き瞳の刻印が輝き、虚空に魔法陣が出現した。

――ハデスの魔法陣！

近接用魔法すら解析し、制御権を奪おうというのだろう。

だがそれも予測済み。所詮は初見殺し。

魔神ルガーに同じ手は二度通用しない！

「ハデス——第二輪郭（モード・ゼフテロス）！」

刃を振り下ろしながら、俺はハデスの形態を変化させた。

俺の手の平に現れた魔法陣は、ベリアルが展開したものと違う図柄に変わり、闇の剣は漆黒の大鎌へと変貌する。

解析される前にぶった斬る。これがこいつの攻略法だ。

ベリアルの魔法陣も変化を始めたが、もはや間に合わない。

「らあああああああああっ!!」

黒き鎌の軌跡が駆け抜ける。

裂帛（れっぱく）の気合と共に振り下ろした刃は、奴の魔法陣や刻印もろとも巨大な眼球を両断した。

ベリアルの瞳からフッと赤い光が消え、二つに分かたれた眼球はゆっくりと地上へ落ちていく。

——倒した、よな？

脚として広げていた六枚の翼も崩壊していくのを見て、俺は勝利を確信する。

「ざまあみろ、大魔王」

落下しながら俺は敗北した魔神をあざ笑う。

そこで俺の手からハデスの大鎌が消失した。

スキルの自動解除。それはすなわち……魔力切れ。

「やばくないか、これ」

下を見ればかなりの高さだ。ベリアルを倒したのに落下ダメージで死んでは笑えない。

だがハデスが自動解除した以上、他のスキルも使えないだろう。

魔神覚醒（デモン・アウエイク）のストックはまだ一回分だけある。しかしそれも魔力がなければ発動しない可能性が高い。

……こんなところで、死んでたまるか！

零奈の元に戻るため、俺は視線を巡らせる。目の端に映った緑色。それを見た瞬間、俺は生き残るための賭けに出た。

崩落するベリアルの残骸を蹴りつけ、わずかに落下軌道を変える。

そして俺は一直線にショッピングモール前の歩道に立ち並ぶ街路樹の上に落ちていった。

「っ……！」

腕で顔を庇（かば）い、枝葉の中に突っ込む。

バキボキと枝が折れる音が響き、直後——丸めた背中にドンッと凄まじい衝撃が走った。

「かはっ⁉」

肺から強引に空気が押し出され、目の前が真っ白になる。

もしかしたら少しの間、気絶していたのかもしれない。

だが気付くと、俺は地面に仰向けで倒れており、街路樹の枝の向こうにある空を見上げていた。

どうやら何とか死なずに済んだらしい。

たぶん人間の体なら木の枝をクッションにしても死んでいただろう。

「ぐ……」

全身が軋むのを感じながら、俺は身を起こす。体のあちこちが痛くて、せっかく復元した制服もボロボロだが、どこも骨折はしていないようだ。

「全く……頑丈な体だな」

苦笑交じりに呟く。

ただ魔力が尽きたせいで体が重く、すぐには動けそうもない。

タッタッタ――。

「ん？」

こちらに誰かの足音が近づいてくる。

零奈かと思って視線を向けるが、息を切らせて駆けてきたのは羽井戸夕陽だった。

「だ、大丈夫ですか⁉」

蒼白な顔で問いかけてくる彼女に、俺は頷く。

「ああ、見ての通り無事だ」

そしてやはりこれは言っておくべきだと思い、俺は口を開いた。

「お前の魔神は、俺が倒した」

「はい──見ていました。さすがは……伝説の魔神、ルガー様です」

ひどく切なそうな表情を浮かべた羽井戸だったが、それを誤魔化すように笑う。

そこで彼女は何かに気付いた様子で、目を見開いた。

「あ……」

俺は彼女の視線の先を見る。

そこには献花台まである立派な石碑が建っていた。色々と文字が刻まれているが、俺はその中にある〝名前〟に目を奪われる。

阿久津恭也。

それは紛れもなく俺の名前だった。

──じゃあここが、通り魔事件の現場なのか。

一度死んだ場所で、今度は生き延びた。その因果に思わず笑みが零れる。

「わたしが悪魔を──ベリアルを呼んだのは、ここでした。色々あった後これを見て……堪えてたものが全部溢れてしまったんです……」

羽井戸は苦笑しながら呟いた。

「そうか──」

いったいこれは誰のために造られたものなのだろう。

俺は別にこんなものを建ててもらっても、全く嬉しくはない。これがなければこの街は羽井戸にとって少しだけ生きやすい場所になっていたかもしれないのに……。


「ルガーっ!!」


すると今度こそ俺の耳に零奈の声が届く。

そちらを向けば、アムドと共にこちらへやってくる零奈の姿が見えた。

どうしてここが分かったのかと疑問に思ったが、頭上でそよぐ街路樹の枝を見て思い出す。

――そういえばアムドは植物を配下にできるんだったな。

恐らく俺が街路樹の近くにいたので居場所を把握できたのだろう。

「ルガー！　生きてるわよねー！」

大声で叫びながらやってくる彼女の姿に思わず笑みが零れた。

「ああ、零奈……生きてるよ」

俺が彼女の名を呟くのを聞いて、羽井戸が驚いた顔をする。

「白亜(はくあ)零奈さん……？　もしかして彼女がルガー様を召喚した人なんですか？」

そういえば二人はクラスメイトだった。

「そうだ、後で紹介しよう。お前との約束もあるしな」

ベリアルを倒したら、代わりに羽井戸を守る——そう宣言したことを当然忘れてはいない。

「ルガー様……」

ぐっと胸を押さえる羽井戸。

そんな俺たちの元に到着する零奈とアムド。

「ルガー、よくぞあの強大な魔神ベリアルを討ち果たした。正直に言うと、余は絶対に無理だと思っていたぞ！」

胸を張って言う幼女魔神に俺は呆れ顔を向ける。

「期待値ゼロだったのか……」

「うむ。それでその娘がベリアルの主か？」

「ああ。だが詳しい話は後にして、とりあえず零奈に魔力を供給して欲しいんだが——」

そう言って零奈を見る。

けれど彼女は俺ではなく、後ろにある石碑をじっと見つめていた。

「零奈？」

俺が呼びかけると、買ったばかりのワンピースを身に付けた彼女は、透き通った笑みを浮かべる。

「ありがとう……ルガーのおかげで、わたし――ちゃんと告白場所まで来られたわ」

「え――じゃあ、ここが？」

告白相手を呼び出した場所なのかと、俺は周りを改めて見回した。

よりにもよって俺の石碑前かよと思うが、待ち合わせをする上では便利なシンボルなのかもしれない。

「うん」

はにかむ零奈の顔を見て、少しだけ胸の奥が痛む。

「けど、結界の中じゃ告白相手と会えないよな。早くここから出ないと――」

居心地が悪くなって俺は頭を掻くが、零奈はそこで首を横に振った。

「ううん、告白は今ここでする。少しだけ待ってて。すぐに……終わるから」

そう言うと零奈は石碑の前に立ち、まっすぐに俺の名が刻まれた碑文を見つめる。

「え……？」

零奈が何をしようとしているのか理解できず、俺は眉を寄せて彼女の華奢な背中を眺めた。

「阿久津恭也さん、やっとあなたの前に立てたよ」

そして彼女が発した最初の言葉に、俺は呆然とする。

「十年前……わたしを助けてくれて、ありがとう。あの時はただ怖くて……泣くことしかできなくて……ごめんね」

零奈は柔らかな口調で〝阿久津恭也〟に語りかけていた。

いったいどういうことなのか分からず、思考が固まる。

「でもわたし……あれからずっと、あなたみたいになりたいって思いながら生きてきたの。まあ思ってるだけで、全然なれてないけど……だけど今も憧れてる」

真っ白になった脳裏に、薄らと過去の情景が浮かび上がってきた。

それはこの場所で、十年前に起きた事件。

人混みの中で上がる悲鳴。

ナイフを振り回す男と、逃げ出す人々。

その中で転んでしまい、動けなくなる幼い女の子。

それに気付いた男は引き攣った笑みを浮かべ、女の子の方へ歩き出し――俺は気付くと男の前に飛び出していた――。

「わたしを庇ってくれたおっきな背中……すっごくカッコ良かった。だから……生きている間に、最低三つは青春っぽいことをしておきたいって思った時――あなたに告白しようと思ったの」

零奈はもじもじとしながら頭を掻く。

そこに至って俺はやっと理解した。

——零奈はあの時の女の子だったのか。

俺が身を挺して庇った女の子が、こんなにも美しく成長して、精一杯のお洒落をして、阿久津恭也に告白をしている。

それは俺にとってひどく不思議な光景だった。

「わたしね、あなたのことが大好きよ。もう死んじゃって会えないけど……あなたはわたしにとっていつまでも一番の人」

絞り出すように零奈は自身の想いを告白する。

目が熱い。

俺は自分が泣きそうになっていることに気付いて、慌てて手の甲で涙を拭った。

間一髪のところで零奈が振り向く。

「——というわけで、告白終了！　彼の石碑があってよかったわ。お墓の場所とか全然分からないもの」

とても晴れ晴れとした顔で零奈は言った。

――ああ、この石碑にも意味はあったんだな。

彼女の背後に見える石碑を見ながら思う。

死んだ人間がこんなものを喜ぶわけがないと、妹の紗々良は言っていた。俺も正直同じ意見だった。

でも俺は今、この場所があってよかったと感じている。

「ルガー、待たせてごめんね。すぐに魔力を補給するから」

零奈はすまなさそうに手を差し出してきた。

彼女の白くて細い指を見ながら考える。

――俺は自分が阿久津恭也だと明かして、彼女の告白に〝答える〟べきだろうか。

しかしすぐにそれは違うと頭を振った。

――今の俺は魔神ルガーだ。

そして何よりも〝阿久津恭也〟には、零奈が憧れたヒーローのままでいて欲しかった。

「……告白できて、よかったな」

俺はただそれだけを言って、零奈の手を握る。

きっと、これでいい。

「うんっ!!」

大きく頷いた零奈は、俺が見たかった最高の笑顔を浮かべていた。

5

「どう、ルガー？」

「ああ――何とか動けるようにはなった」

零奈に魔力を供給してもらった俺は、ふらつきながらも自分の足で立ちあがる。

周囲を見回せば、無人の街にベリアルとの戦いの爪痕が生々しく刻まれていた。

道路には大きな瓦礫が散乱し、ショッピングモールは立体駐車場のある辺りが完全に崩壊している。

これが現実に反映されていたらと思うと、背筋が寒くなった。

「そういや……この結界からはどうやって出ればいいんだ？」

俺たち以外に誰もいない街を見回しながら、俺は疑問を口にする。

するとアムドは訝し気に眉を寄せた。

「……妙だな。結界の核であったベリアルが滅べば、この位相は消滅し、余たちは表層世界に弾き出されるはずなのだが」

ゴゴゴゴゴゴゴ――……！

その時、地鳴りのような音が聞こえてくる。

少し遅れて足元から振動が伝わってきた。

「じ、地震⁉」

羽井戸が驚いて、傍の街路樹に摑まる。

アスファルトに亀裂が走り、半壊状態だったショッピングモールが崩れ始めた。

「ルガー！　な、何かが近づいてる！」

裏返った声で零奈が叫ぶ。

「何かって何だ⁉」

俺も焦りながら問い返した。

「分かんないけど、すっごく怖いもの！　魔力の気配に近いけど、もっと冷たくて暗い――」

その言葉の最中、一際大きな亀裂がショッピングモール近くの一点から広がる。

そこはベリアルの攻撃で既に大穴が空いている場所。

「これはまさか……」

アムドが掠れた声で呟くのが聞こえた。

ドンッ‼

次の瞬間、大穴から黒い泥のようなものが吹き上がり、周囲の地面が捲れあがる。

ぞわり——と全身を駆け上がる悪寒。

あれは……敵意だ。敵意の塊だ。そして恐ろしく危険なもの——。

俺の感知スキルが今すぐここから離れろと警告している。しかしここは結界の中。逃げ場所など存在しない。

「ああ………既に、手遅れだったか」

その場に膝を突き、うなだれるアムド。

「アムドちゃん、あれが何なのか知ってるの？」

掠れた声で零奈は訊ねる。

するとアムドは光の消えた瞳で間欠泉のように湧き出る黒泥を見上げ、口元に引き攣った笑みを浮かべた。

「あれは…… 〝終末〟だ」

「え……？」

呆気に取られる零奈に、アムドは説明を続ける。

「位相結界は世界の表層と深層の間に存在している。ベリアルは位相の境界を攻撃することで表層——現実世界に這い出ようとしていたが……その前に深層と繋がってしまったらしいな」

「あ、あの……よく分からないのですが……あの黒い泥は危険なものなんですか？」

羽井戸は恐縮した様子でアムドに問いかけた。

「ああ――現世界にとって最悪の〝毒〟だ。〝終末〟とは世界の深層に溜まり続けた悪性因子が限界を越え、表層に噴き出すことを言う。そうなれば世界はあの泥に呑まれ、ゼロに還る。そうした〝完全なリセット〟を防ぐための――魔神たちによる戦いだったのだが……」

悔しげにアムドは呟くが、俺はまだ状況が理解できない。

「魔神同士の戦いが、あれと何か関係あるのか？」

するとアムドは呆れた顔でちらりと零奈の方を見る。

「まったく――お前の主は何も教えておらぬのか。いや……そもそも魔神というものの本質を理解しておらぬようだな。魔神とは、魔を、悪を統べる者――すなわちあの〝終末〟の器となるために召喚される存在だ」

禍々しい黒泥を指差し、アムドは答えた。

「あれの器だと？」

生理的嫌悪感を抱きながら、俺は黒泥を見上げる。

あんなものを〝受け止める〟など、とても信じられない。

「そうだ。魔神は他の魔神を倒すたびに〝器〟としての強度を増し、最後にはあの終末を制する力を手にするのだ。そしてその主たる魔術師は、魔神が制した終末の力を用いて世界に新たな秩序をもたらす〝創造主〟となる。今風に言うのであれば、世界のリセットではなくアップデートを行うという感じか」

しかしアムドは淡々と、終末と魔神、創造主の役割について語った。

その表情には既に諦めの色が浮かんでいる。

彼女の話を全て呑み込めたわけではなかった。だが、今どのような危機の只中にいるのかは薄らと見えてくる。

「要するに……〝器〟になれる魔神が完成する前に、終末が噴き出したということか」

俺が呟くと、零奈が顔を青くした。

「ええっ⁉　そ、それってすっごくまずいんじゃないの⁉」

慌てふためく零奈の様子を見て、アムドは溜息を吐く。

「まずいも何も、もはや〝おしまい〟だ。あの終末は位相結界を介して、境界が薄くなった表層世界にも溢れ出すだろう。まあその前に余たちは泥に呑まれて溶け消えるがな」

自嘲気味に笑うアムドを見て、零奈も羽井戸も言葉を失った。

だが俺は拳を握りしめ、湧き上がりそうになる絶望を心の底に押し込める。

その力になったのは、さっき目にした零奈の笑顔。

——あいつの青春はここからだ。こんなところで終わらせて堪るか。

「…………」

俺は無言で終末の泥を正面から見据え、一歩前に踏み出した。

「る、ルガー？」

零奈が慌てた様子で俺の服を後ろから摑むむ。

「離せ。俺にはやるべきことがある」

俺は振り返らずに彼女に言う。

「何を……するつもり？」

「俺があの終末を受け止めて、その力で深層との穴に蓋をする。今、噴き出ている分だけなら何とかなるはずだ。零奈に魔力を補給してもらったからな」

そう答えると今度はアムドの声が耳に届いた。

「不可能だ！　最後の一人となった最強の魔神でなければ、終末の〝毒〟に耐えられん！　あれは最上級の〝呪い〟のようなもの。耐性がなければ逆に呑まれるだけだ！」

その警告を聞いても俺の決意は変わらない。

けれど——零奈を安心させる〝はったり〟は必要だろう。

「羽井戸」

「は、はいですっ⁉」

名前を呼ぶと、裏返った声が返ってくる。

「お前は俺が今、世界で最も有名な魔神だと言っていたな？」

「そ、その通りです！　ルガー様は世界で一番の魔神です！」

それを聞いて俺は口元に笑みを浮かべた。

「――と、いうことだ。俺は既に最強の魔神。他の魔神と争うまでもない。あの程度の〝敵意〟……全て受け止め、飲み干してくれる」

堂々と宣言し、俺は歩き出す。

「あっ――」

引き留めようとする零奈の手が離れた。

まだ彼女が追い縋ってくる気配を感じ、俺は短く告げる。

「零奈。お前の魔神を信じろ」

「っ……」

足音が止まった。

「明日からは、普通に六時間目までの授業なの」

代わりに零奈は言葉を紡ぐ。

「ルガーの分も、お弁当作るから！」

「ああ、楽しみにしている」

本当に、心から楽しみだ。

だから――。

溢れ出る黒泥の間際までやってくる。

「邪魔をするな」

俺は禍々しい闇へと手を伸ばした。

指先が——終末に触れる。

その瞬間、俺の全ては〝黒〟に塗りつぶされた。


暗闇の中に青い炎が灯る。

それは魔神ルガーの輪郭と、意識を縁どり、俺という存在を再構築していった。

そこで俺は〝魔神覚醒（デモン・アウエイク）〟スキルが発動していることを知る。

——つまり終末に触れた直後に、俺は即死したってわけか。

さすがは世界を終わらせる毒だ。完成した魔神でなければ受け止められないというのは本当だったらしい。

だが俺も考えなしに賭けに出たわけではない。

現に俺は今、終末の只中で存在を保っている。

今後のために魔神覚醒（デモン・アウエイク）のストックを取っておきたかったのだが、三千回のＰＫを経て貯めた復活回数はこれで全部使い切ってしまった。

ただ、今重要なのは残り回数ではない。

魔神覚醒(デモン・アウエイク)スキルには復活中と、復活後の十秒間に〝無敵時間〟が存在する。

これは復活中に取り囲まれて袋叩き(ふくろだた)きにされるのを回避するための、システム的な措置。

だから体が復元中の今は、終末の毒に侵されずに済んでいる。

この無敵時間こそ、俺が無謀とも思える行動に出た理由だった。

——勝負は、復活後の十秒間。もう復活ができない以上、チャンスは一度きり。

俺の体が無敵である間に溢れた終末を取り込み、そのエネルギーを用いて穴を塞ぐ。

実際にできるかどうかはやってみなければ分からない。

そしてやり遂げる以外に道はない！

炎が全身に巻きつき、青く輝く文様を肌に刻む。

先ほどの魔神覚醒(デモン・アウエイク)とは違い、炎は消えることなく額に集束し、青い光の角を構築した。

ゲーム中で魔神覚醒(デモン・アウエイク)を使うまで追い詰められたことは一度しかないので知らなかった
が、どうやら回数を重ねるごとに復活時の強化効果(バフ)は増大するらしい。

全身に力が満ち溢れる。今ならどんなことでもできる気がした。

間もなく復活が完了する。

体の文様が強い光を放つのがその合図——。

カッ——と闇の中に青い光が瞬いた。

「来い！　終末ども！」

それと同時に俺は叫び、念じる。終末の全てを、自分の内へ——と。

禍々しい黒い泥が渦を巻き、俺の中へと一斉に流れ込んできた。

無数の悪意を垣間見た。

数多(あまた)の敵意が俺を貫いた。

体に痛みはない。けれど〝悪〟の塊は俺の心を蝕(むしば)もうとする。

死ね、消えろ、殺してやる、滅べ——。

ドスッ！

怨念の声が渦巻く中、鈍い衝撃が伝わってくる。

見下ろすと、人の形をした闇が俺の腹部に漆黒のナイフを突き立てていた。

肉体的なダメージはない。けれどリアルで死んだ時のイメージが脳を揺さぶる。

「っ⁉」

ナイフを握りしめる〝闇〟が笑った。

——ああそうか、お前も終末の一部なのか。

かつて俺の命を奪った通り魔、羽井戸静夜。

本人なのか、それとも奴が振り撒(ま)いた悪意の〝影〟なのかは判断できない。

だが奴の欠片(かけら)は確かに終末の中に在り、これ以上ないほど明確な死のイメージとなって俺を黒い泥に引き摺り込もうとしている。

だが俺は不敵に笑う。

「お前……忘れてないか？」

拳を固めて問いかける。

「俺はお前に――〝勝った〟んだぞ」

渾身の力を込めて闇を殴り飛ばす。人型の終末は霧散し、他の泥に紛れて俺の中へと吸いこまれた。

闇が晴れる。

世界に色が戻る。

背後を振り返れば、こちらを見つめる零奈たちの姿があった。

俺はついに、溢れた終末を全て体の内に取り込んだのだ。

しかし足元の大穴の底には、さらに湧き出ようとする黒い泥が蠢いている。

あれら全てを取り込んでいる時間はない。

無敵時間はあとわずか。

だが俺の内にある終末は、エネルギーに変換されるどころか、俺の体を食い破ろうと暴れていた。

――これを〝どう〟使えって言うんだ⁉

焦るが、そこで俺はアムドの言葉を思い出す。

『そしてその主たる魔術師は、魔神が制した終末の力を用いて世界に新たな秩序をもたらす〝創造主(ワールドマスター)〟となる』

そうか、この終末を力へ変えるのは魔神ではなくその主。ならば――。

「零奈！　俺に命じろ!!」

叫ぶと、彼女は戸惑いの声を上げた。

「え、え？　ルガー？」

「俺は、お前の願いを叶える魔神だ！　だからお前が命令しろ！　今、お前が望むことを!!」

俺の声を聞いた零奈の顔に理解と決意の色が宿る。

「っ……ルガー！　わたしの魔神！　青春を邪魔する終末なんか、世界の底まで押し返しちゃえっ!!」

その言葉を聞いた瞬間、俺の中で渦巻く終末が、零奈の願いを叶えるエネルギーに――

膨大な魔力へと変換された。

「了解した」

俺は笑みを浮かべて頷き、魔力を右手に集中させる。

その力を向けるべき敵を――穴の底で蠢く泥を睨む。

終末に触れたことで、俺はそれが何なのか理解していた。

あの黒い泥は世界の終わりを望む意志。

〝こんな世界、終わってしまえ〟という呪いの塊。

俺自身もきっと、恐らく何度も抱いた想い。

だけど――それがどれだけ必死な祈りだったとしても、今を、青春を謳歌しようとする人間を巻き添えにする理由にはならない。

脳裏に焼き付いた、零奈の眩しい笑顔。

羨む気持ちがないと言えば嘘になる。でも……そんな想いを忘れてしまうぐらいに、あの笑顔は美しかった。

あんな綺麗なものを、彼女がこれから過ごす青春を、消し去っていいはずがない！

「まだ終わりには――早過ぎんだよっ‼」

渾身の力と想いを込めて、拳を振り下ろす。

放たれた魔力は、眩い白光となって駆け抜ける。

轟音。

創造の光と終末の闇が激突し、世界が震える。

「あああああああああっ!!」

残った全ての力で光を押し込む。

拮抗（きっこう）はほんの一瞬。

白い光は、湧き上がる黒泥をあっという間に世界の深層まで押し戻していった。

さらに眩い輝きは穴の外へ溢れ、位相結界内に広がっていく。

結界を俺の魔力が満たしていくのが分かる。

光は穴や破壊された建物に集束し、綻びた境界を修復していく。

終末が――遠のいていく。

俺は肩から力を抜き、ゆっくりと後ろを振り向いた。

こちらを見ていた零奈が、ぺたんとその場に座り込む。

「よかったぁ……何とかなったのね」

「何とかしたんだ。お前と、お前の魔神がな」

俺が笑みを浮かべて言うと、呆然としていた零奈も微笑む。

「そっか――じゃあこれは、わたしたちの勝利ってことね！」

俺は彼女の元へ近づき、座り込んでいる零奈に手を差し出した。

「そういうことだ。じゃあ――帰るぞ」

「うん！」

俺の手を零奈が強く握る。

そうして俺たちは、ありふれた——けれどかけがえのない青春に満ち溢れた日常へと帰還する。

明日の弁当が今からとても楽しみだった。

終章

Arch enemy school life

「アムドちゃん、そちらの様子は――――――そうですか。ふふ、あまり食べ過ぎると夕食がお腹に入らなくなりますわよ」

病院のエントランス、その片隅で風野藍里は携帯端末を手に〝魔神〟と談笑する。

「あと、ワガママを言って喧嘩しないように。魔神ルガーはベリアルを倒し、終末の一部さえも御した規格外の人魔。半ば諦めていた私の〝本当の願い〟を叶えるための切り札になりえます。ですから可能な限り仲良くしておいてください。あ、色仕掛けを使っても構いませんわ」

そう言うと端末から慌てたような声が返ってきた。

「――ふふっ、冗談です。ただ協力関係は今後もしっかり維持しておいてくださいね。第七圏ではあと三体の魔神が召喚されるはずですし、他の基点からの横槍もあるでしょうから――ええ、分かっています。私も近いうちに挨拶に伺うと伝えておいてくださいな。ではではー」

笑いながら藍里は通話を切り、入院中の私物を詰め込んだバッグを肩に掛け、入り口の自動ドアを潜る。

するとそこには藍里にとって唯一の〝友人〟の姿があった。

「藍里――退院、おめでと」

水瀬紗々良は、はにかみながら友人の退院を祝福する。

「ありがとうございます。これでようやく仕事に復帰できます」

藍里は笑みを浮かべ、紗々良に礼を言う。

「ちょっと、その前に学校でしょ。休み明けからもう通えるのよね？」

「はい、その予定です。楽しみにしていますわ」

紗々良はそこで藍里の後ろを覗き込んだ。

「――今日もあのちっこいのはいないわけ？」

「ええ、アムドちゃんなら今日は友人の家に遊びに出かけています」

「ふぅん、気難しそうな子だったけど、友達ができたのならよかったわ」

小さく笑って紗々良は言う。

「……私も、もっと友人が欲しいです。学校に行ったら、紹介してくださる？」

「それはもちろん！　あたしに任せてよね」

胸を張って請け合う紗々良だったが、続く藍里の言葉に顔を顰める。

「では例の、屋上へやってくる殿方をぜひご紹介くださいな」

「え、ええ――……あいつ？」

「はい、私――彼にとても興味があるんですの」

そう言って藍里は意味ありげに微笑むのだった。

＊

「――ふつつかものですが、どうかよろしくお願いします」

大きなトランクを持ってやってきた羽井戸夕陽は、白亜家の玄関で深々と頭を下げた。

「って何でこうなるのー！」

俺と共に彼女を出迎えた零奈は納得できないという様子で叫ぶ。

「何でも何も、ちゃんと説明したじゃないですか。ルガー様はベリアルを倒す代わりに、わたしを守ると約束してくれました。その話を聞いた白亜さんも、契約は有効だと認めてくれたはずです」

靴を脱いで上がった羽井戸は、平然とした顔で答えた。

「そ、それは確かにそうだけど――まさかうちに居候するなんて思わなくて……」

「でもルガー様に守っていただくには、これが一番有効な方法だと思うのですが」

そこで羽井戸は俺に「そうですよね？」と視線を向ける。

この言い争いに巻きこんで欲しくなかったが、俺は躊躇いながら首を縦に振った。

「まあ、部屋は余ってるみたいだから、別にいいんじゃないか？」

「もうー……ルガー、他人事みたいに言わないで。ルガーが約束したことなんだし、ちゃんと面倒を見ないとダメよ？」

零奈が不満げに言うと、羽井戸は顔を赤くする。

「ええっ……る、ルガー様に面倒を見ていただけるのですか⁉　そ、そんな……わたし、心の準備が――」

それを見た零奈も赤面して言葉を補足した。

「ど、どんな想像してるのよ！　言っておくけど、ルガーに変なことはさせないからね。だ、だって……わたしのなんだから！」

零奈は俺の腕に抱き付いて、所有権を主張する。

肘に当たる柔らかな感触に、一気に心拍数が上がってしまう。

「あと――ずっと気になってたんだけど、あなたの頭に乗ってる〝目玉〟は何なの？」

そこで零奈はついに俺もいつ指摘しようかと思っていたことを問いかけた。

そう――羽井戸の頭の上には、目玉に六本の脚が生えた不気味な生き物が、カサカサと動いている。

それはベリアルをそのまま小さくしたかのような外見だ。

「えっと……これですか？」

俺と零奈が揃って頷くと、羽井戸は小さな声で言う。

「………新種のクモ、とか？」

「冗談言わないで」

真面目な顔でツッコむ零奈。

羽井戸は苦笑し、今度は正直に答えた。

「実はここに来る途中……突然わたしの頭に乗っかってきたんです。たぶんベリアルの残滓みたいなものだと思うんですが……飼ったらダメですか？」

「そんな子猫を拾ってきたみたいなノリで言われても困るんだけど……」

零奈が溜息を吐くと、居間の方から足音が近づいてくる。

「別によいではないか。確かにそれはベリアルのようだが、ほとんど力を失っていて害はないだろう」

現れたのは食べかけの煎餅を手にした幼女魔神のアムド。

彼女は煎餅をバリッと大きく齧ってから、まじまじと小さなベリアルを見つめる。

「――それに今後、役立つこともあるかもしれん。他の魔神を退けていくためには少しでも多くの戦力が欲しいからな」

「毎日飯をたかりに来ている立場のくせに、偉そうだな」

ベリアルの一件から毎日のようにここへ来ているアムドに俺は言う。

「し、失礼な！　余はあくまで作戦会議のためにここを訪れているだけで、お前の主が作る食事が美味いからでは決してないぞ！」

語るに落ちたアムドから視線を外し、俺は羽井戸に向き直った。

「危険がないなら、俺は別にいいと思うが」

零奈も仕方ないという様子で頷く。

「捨てていって言っても、大変なことになりそうだし……好きにしたら？」

その言葉に羽井戸は顔を輝かせた。

「ありがとうございます！　よかったですね、ベルちゃん！」

よしよしと嬉しそうに彼女は目玉蟲としか表現できない生き物を撫でる。

――ベリアルだからベルちゃんか。お前にも第二形態があったんだな……さすがは大魔王だ。

完全にペット扱いなんだなと思いつつ、あれを本当に可愛いと思っていそうな羽井戸のセンスに感心した。

「部屋はお婆様が使っていたところを片付けるから、皆も手伝ってよね」

零奈はそう言って俺の腕を引っ張る。

「――了解した」

俺は笑みを浮かべ、その指示に従う。

まだ零奈との契約は完了していない。
彼女の高校生活（スクールライフ）は始まったばかり。
俺はこれからも彼女を守り、彼女の望む〝青春〟を実現させていく。
輝くようなあの笑顔を、また見るために――。

つづく

あとがき

　こんにちは、ツカサです。

　この度は『アークエネミー・スクールライフ　魔神ルガーは女子高生と青春を過ごす』を手に取っていただき、ありがとうございます。

　本作はタイトル通り、魔神が女子高生と青春（スクールライフ）を過ごすという内容になっております。あとバトルもあります。

　こう書くと前シリーズである『銃皇無尽のファフニール』と同じ路線のように思われるかもしれませんが、テーマというか作品を書く上でのスタンスは真逆だったりします。

ファフニールがドラゴンとのバトルを軸に日常やラブコメを描く作品だったのに対して、アークエネミー・スクールライフは日常（青春）・スクールライフを軸に魔神同士のバトルが展開する作品です。

　つまりタイトルにある〝スクールライフ〟が一番重要——と言えば分かりやすいでしょうか。

　本作の主人公とヒロインは、大多数の人々にとっては当たり前の青春・スクールライフを取り零してきた二人です。

そんな彼らが全力で青春を取り戻していく過程を、私も力の限り描いていきたいと思っております。

どうか今後とも『アークエネミー・スクールライフ』にお付き合いいただけると嬉しいです。

二巻では〝屋上の女子高生〟が物語に大きく関わってくる予定なので、お楽しみに！

——どうやらまだページがあるので、ここからはかなりどうでもいい近況報告を。

プリンタが壊れたので買い替えました。一年に一回、確定申告の時期に使っているだけじゃダメですね……。

引っ越し時に実家から持ってきた布団がぺちゃんこになったので、ベッドを買いました。とても寝やすいです。

洗濯機が臭うようになったので、乾燥機付きのものに買い替えました。今回は使うたびにきちんとメンテナンスをしています。

こんな風に色んなものを買い替える時期が重なって、時間の流れを感じました。

ただ新しいものを買うと生活自体が少し変わるので、新鮮な気分になれます。

ここからまた新しい生活と物語を積み上げていこうと思います！

それではそろそろ謝辞を。

梱枝りこ先生。また一緒にお仕事ができてとても嬉しいです！　ヒロインたちのイラストを見た瞬間、頭の中で彼女らが自由に喋り始めて、キャラクターが〝生まれた〟感覚を抱きました。ルガーもすごくイメージ通りで、カッコ良いです！ 本作のイラストを担当してくださったこと、心より感謝いたします。彼らの魅力を引き出せるような物語を紡いでいきたいと思いますので、今後ともよろしくお願いします。

担当の庄司様。特設サイトの開設や各プロモーション、サイン会など、様々な面でご尽力くださり、ありがとうございます。キャラクターや物語の魅力を〝見逃がさない〟庄司様の視点とアドバイスは、本当に頼りになります！

そして最後になりましたが、この本を手に取ってくださった方に最大級の感謝を。

それでは、また。

二〇一九年　四月　ツカサ

あとがき♥
祝◇1巻◇またリカサ先生と
組めて嬉しいです！
今後も頑張ります
零奈ちゃんのデザイン
ポイントは髪のリボンと
ニーソのリボン
ピンク髪も好き～。
梨りこ
桃

アークエネミー・スクールライフ
魔神ルガーは女子高生と青春を過ごす

ツカサ

2019年4月25日第1刷発行

発行者	森田浩章
発行所	株式会社　講談社 〒112-8001 東京都文京区音羽2-12-21
電話	出版　(03)5395-3715 販売　(03)5395-3608 業務　(03)5395-3603
デザイン	草野剛(草野剛デザイン事務所)
本文データ制作	講談社デジタル製作
印刷所	豊国印刷株式会社
製本所	株式会社フォーネット社

ISBN978-4-06-515550-9　N.D.C.913　303p　15㎝
定価はカバーに表示してあります